训蒙骈句

探源精解

[明]司守谦 著
王润安 注释

中国纺织出版社

内容提要

明朝才子司守谦的《训蒙骈句》，是采用金代王文郁《平水新刊韵略》中的平声三十韵编写而成的对韵作品，堪称吟诗作对之基。该书由三字对、四字对、五字对、七字对、十一字对组成，每韵三阕，词旨俳丽，韵味盎然。其形式和内容都引起了后世同类作品的模仿和借鉴。为帮助读者更好地阅读经典，本书注者以1936年印行的湖北阳新石氏蓉城仙馆家藏秘本《训蒙骈句》为底本，为原文谱上汉语拼音，逐句详加注释，并对其中丰富的寓言神话、成语典故、诗词名句进行了探源。

图书在版编目（CIP）数据

《训蒙骈句》探源精解 /（明）司守谦著；王润安注释 .—北京：中国纺织出版社，2018.9（2023.1 重印）

ISBN 978-7-5180-3813-8

Ⅰ .①训… Ⅱ .①司… ②王… Ⅲ .①诗词格律—中国—启蒙读物 ②《训蒙骈句》—注释 Ⅳ .① H194.1 ② I207.21

中国版本图书馆 CIP 数据核字（2017）第 170715 号

责任编辑：赵晓红　特约编辑：张永俊　责任印制：储志伟

中国纺织出版社出版发行

地址：北京市朝阳区百子湾东里 A407 号楼　邮政编码：100124

销售电话：010 — 67004422　传真：010 — 87155801

http：//www.c-textilep. com

E-mail：faxing@c-textilep. com

中国纺织出版社天猫旗舰店

官方微博 http：//weibo.com/2119887771

佳兴达印刷（天津）有限公司印刷　各地新华书店经销

2018 年 9 月第 1 版　2023 年 1 月第 3 次印刷

开本：710 × 1000　1/16　印张：12

字数：133 千字　定价：39.80 元

前 言

多年来，清朝康熙年间进士车万育的《声律启蒙》和大戏剧家李渔的《笠翁对韵》两部对韵作品广为流传，而明朝司守谦的《训蒙骈句》传播不多。

司守谦，字益甫，生卒年不详，明代兴国州宣化里（今属湖北省阳新县）人。《兴国州志·文学传》称其与明“后七子”之一吴国伦（1524—1593）同时，二人有诗文唱和。史称他“天才超逸，下笔万言”。他擅长写作韵文，“词旨俳丽，韵味盎然”，尤其善用寓言神话、成语典故。可惜他二十余岁便英年早逝，诗文散佚，仅存被称为吟诗作对之基的《训蒙骈句》一卷。我要特别指出的是，《声律启蒙》和《笠翁对韵》都是仿照《训蒙骈句》的格式，采用金代王文郁《平水新刊韵略》中的平声三十韵编写而成的对韵作品。前两书比后者多了单字对和双字对，但少了四字对。而且，前两书中的许多对句是引用或化用《训蒙骈句》的。

《训蒙骈句》韵文之美，我举两个例子加以说明。下卷“七阳”韵有“夜月梧桐院，春风桃李墙”，这是十分工整的对句，仅十个字，绘出了两种出类拔萃的学校。“梧桐院”是南唐罗靖、罗简兄弟“讲学之所”；“墙”指孔子授业处的“夫子之墙”。论学校环境，是清静明亮的“夜月”和温暖怡人的“春风”；论培养的人才，是栖梧的鸣凤和满天下的高才生；论入校的门槛，是不能想进就进的“院”和“数仞夫子之墙”。语言如此通俗，知识如此丰富，太值得玩味了。上卷“十灰”韵有“弓弹棉絮，白云堆里响晴雷”句。现在弹棉花都是机械化了，弓弹棉花罕见。小时候，看父母弹棉花，背挑弹弓，左手握弓腰，右手执木棰，棰敲弓弦“嘡嘡”响，响弓接入棉花堆则发“咚咚”炸雷声，随即鹅毛般的花絮飞起。真是太真实而又形象化了。《训蒙骈句》中许多对仗工整的骈句，简直就是无需诠释的白话诗，一看就懂。

近些年，有几个出版社出版了《训蒙骈句》，网上传播则更多。我在国家图书馆看到1936年湖北蓉城仙馆根据石荣暲家藏秘本铅印的《训蒙骈句》繁体字本，发现社会上传抄的《训蒙骈句》，文字差错过多。例如，初抄繁体字者，把“烏”误认为“鳥”，把“晝”误认为“畫”，把“畫”误认为“書”，把“裹”误认为“裏”，把“唳”误认为“淚”，等等；后抄简体字者，把“重”误抄为“垂”，把“惊”误抄为“掠”，把“乌”误抄为“鸟”，把“党”误抄为“觉”，把“鳞”误抄为“磷”，等等。

我不是说和蓉城仙馆铅印本不一样就一定有问题，因为所据版本可能不同。例如，蓉城仙馆铅印本，有“春风淡淡”、“帐幕”、“于南窗”；而别的版本基本都是“东风淡淡”、“帐幔”、“在南窗”，这就不能咬定哪个对哪个错。我说一些版本有错，是因为这些差错不仅扭曲了原文意思，也使平仄规则混乱。例如，石荣暲家藏秘本《训蒙骈句》上卷“二冬”韵有引自唐朝杜荀鹤的“日高花影重”句。“花影重”，指花影层叠。“重”，平声，读chóng，不读zhòng。所见传抄版本都是“花影垂”。“垂”属“四支”韵，不能用作“二冬”的韵脚字。“三江”韵有“春染千门柳，秋连万顷江”对句。所见传抄版本中“秋连”都作“秋莲”。按照对句词性相对的对偶规则，出句是动词“染”，对句用名词“莲”是不对的。“八齐”韵有“夜月乌忙唤”，是个“仄仄平平仄”句。所见传抄版本都是“夜月鸟忙唤”，这就变成“仄仄仄平仄”了，犯了孤平错误。“十灰”韵有“咸裹青箬，渴望绿梅”对句。“咸裹青箬”是“青箬裹盐”成语的化用。“盐”是名词，改用有盐味的副词“咸”，是为与对句副词“渴”词性对偶。“青箬”是一种竹子，叶大质薄，常用以裹物。唐朝柳宗元有“青箬裹盐归峒客”诗句。所见传抄版本基本都误为“咸里青箬”，文意不明。初抄繁体字为“里”的，肯定是把“裹”误认作“裹”了，后抄简体者照抄为“里”。这里我要多说两句。有个版本印的是“咸思青箬，渴望绿梅”。味咸了，就想到裹盐的青箬；口渴了，就盼望解渴的绿梅。这也算对仗十分工整。下卷“四豪”韵有“乘宝马，掣金鳌”对句。“金鳌”，是神话传说中的海中金色巨龟。“鳌 áo”是韵脚，平声。所见传抄版本，都是不能作“豪韵”韵脚的仄声字“鏊 ào”。“八庚”韵有“占凤偶，结鸥盟”对句。“占凤偶”是古人用占卜方法为女儿选配偶。所见传抄版本，基本都是“占风偶”，文意不通，平仄混乱。

除了传抄原文差错较多外，有些版本的有些注释也不恰当。例如，“一东”韵开篇的“天转北”，是句天文常识。意思是：日月星辰等天体围绕北极星转。有的版本却解释为“天向北转”。什么意思？不可理解。同韵第二段有“丝坠槐虫飘帐幕”句。槐虫，即槐树上生长的槐蚕。幼虫能吐丝下垂，俗称“吊死鬼”，随风飘散，很讨人嫌。这个版本却把“丝坠槐虫”解释为“槐树上坠丝的蜘蛛结的网”。槐虫吐丝怎么能解释成蜘蛛结网？

所以，我认为传播国学对韵作品，一要先选好错讹较少、精印精抄的善本书；二要注释确当，让读者学到正确无误的对韵知识。

我和陈泓教授用时五年有余合著的《〈声律启蒙〉与〈笠翁对韵〉探源精解》，2014 年 7 月出版，颇受读者青睐，已印刷 10 多次。精力所限，我决定不再写书。但受司守谦《训蒙骈句》韵书之美感染，又萌生了把它诠释为《〈训蒙骈句〉探源精解》的想法，如能与《〈声律启蒙〉探源精解》

《〈笠翁对韵〉探源精解》组成同体裁的蒙学“三姊妹”读物出版，岂不美哉！所以我以1936年印行的湖北阳新石氏荣暲蓉城仙馆家藏秘本《训蒙骈句》（繁体版）为底本，加以校勘（该版本中也有个别差错，如把“晝永”误为“書永”，把“九方皋”误为“孔方皋”），变为简体字，谱上汉语拼音，逐句注释，用一年多时间就编写出来了。冀望它也能在我生前问世。

编者受水平所限，古汉语修养高的诗词曲文专家，一定会发现书中注释有许多不确切甚至大谬之处，敬请不吝指正。

王润安

2018年3月

目　录

上卷

下卷

上卷

一东

tiān zhuǎn běi rì shēng dōng chūn fēng dàn dàn
天转北①，日升东②。春风淡淡③，
xiǎo rì méng méng yě qiáo shuāng zhèng huá jiāng lù xuě chū
晓日蒙蒙④。野桥霜正滑⑤，江路雪初
róng bào guó zhōng chén xīn bǐng chì shāng chūn měi nǚ liǎn
融⑥。报国忠臣心秉赤⑦，伤春美女脸
xiāo hóng mèng kē chéng rú zǎo jiè sān qiān cí mǔ lì
消红⑧。孟轲成儒，早藉三迁慈母力⑨；
zēng shēn dé dào zhōng yóu yí guàn shèng rén gōng
曾参得道，终由一贯圣人功⑩。

注解

①**天转北** 天体围绕北极星转动。北：指北极星。北极星是最靠近北天极的一颗星，差不多正对着地球自转轴，从地球北半球上看，它的位置几乎不变。而其他日月星辰就像围绕着北极星在移动，即“天体东升西落，星移斗转”。（见《尔雅·释天》）

②**日升东** 太阳从东方升起。［南朝梁］江淹《石劫赋》云：“日照水而东升。”

③**春风淡淡** ［宋］吕渭老《西江月慢》词云：“春风淡淡，清昼永、落英千尺。”

④**晓日蒙蒙** 初升的太阳透过淡薄的云雾放出昏暗不明的光芒。《楚辞·九辩》云：“愿皓日之显行兮，云蒙蒙而蔽之。”

⑤**野桥霜正滑** 山野有晨霜，过桥行路滑。这是唐代诗人温庭筠《商山早行》中“鸡声茅店月，人迹板桥霜”和宋代仇远《水龙吟·晓星低射疏棂》中“霜滑平桥，雾迷衰草”诗句的化用。

⑥**江路雪初融** 江岸积雪开始融化。这是宋代文学家欧阳修《奉使道中五言长韵》中“新年风渐变，归路雪初融”诗句的化用。

⑦**报国忠臣心秉赤** ［宋］陆游《江北庄取米到作饭香甚有感》诗云：“飞霜掠面寒压指，一寸赤心惟报国。”

⑧**伤春美女脸消红** 美女因愁闷伤春，脸上的红润日渐消退。［宋］苏轼《常润道中有怀钱塘寄述古五首》诗云：“剩看新翻眉倒晕，未应泣别脸消红。”

⑨**孟轲成儒，早藉三迁慈母力** 孟子小时候，家住靠坟地的地方，他就和小朋友一起玩埋人堆墓头游戏；孟母把家迁到市场附近，孟子就学宰杀叫卖之功；最后孟母把家搬到一所学校旁边，学生入学要先祭祀孔子，后学习礼仪，孟子就照学摆供品做祭祀之礼，最终成为儒家“亚圣”。（见《列女传·母仪》）

⑩**曾参得道，终由一贯圣人功** 孔子门徒曾参，勤奋好学，恪守“一以贯之”的儒道精神。他的修齐治平的政治观、省身慎独的修养观、以孝为本的孝道观影响中国两千多年，至今仍具有极其宝贵的社会意义和实用价值。他参编《论语》、著《大学》、写《孝经》、撰《曾子十篇》，被后世尊奉为“宗圣”。（见《史记·仲尼弟子列传》）

孟氏三迁图（清·钱慧安）

qīng shǔ diàn guǎng hán gōng shī tuī dù fǔ fù
清暑殿[⑪]，广寒宫[⑫]。诗推杜甫[⑬]，赋
nǐ yáng xióng rén qíng lěng nuǎn yì shì tài yán liáng tóng
拟扬雄[⑭]。人情冷暖异，世态炎凉同[⑮]。
sī zhuì huái chóng piāo zhàng mù zhú zhuāng huā dié hù fáng
丝坠槐虫飘帐幕[⑯]，竹庄花蝶护房
lóng gāo shì yóu lái jī chǐ yìn kāi tái jìng lǜ zhuàng yuán
栊[⑰]。高士游来，屐齿印开苔径绿[⑱]；状元
guī qù mǎ tí tà pò xìng ní hóng
归去，马蹄踏破杏泥红[⑲]。

注解

⑪ **清暑殿** 清暑殿在今南京市鸡鸣山南，晋孝武帝司马曜太元二十一年（396）建造。“殿前重楼复道，通华林园，爽垲奇丽，天下无比；虽暑月，常有清风，故以为名。”（见《景定建康志》）南北朝的北魏时期，洛阳华林园的主体建筑也叫“清暑殿”。（见杨衒之《洛阳伽蓝记》）

⑫ **广寒宫** 神话传说，唐明皇李隆基八月十五日受道人罗公远引导，梦游月宫，“见一大宫府，榜曰‘广寒清虚之府’”，故称月亮为“广寒宫”。（见柳宗元《龙城录·明皇梦游广寒宫》）

⑬ **诗推杜甫** 唐朝著名诗人杜甫，为后人留下三千多诗篇，突出的内容是忧国忧民。他住的是常被秋风所破的茅屋，但在挨淋受冻时他想到的是受苦的百姓。他在著名诗篇《茅屋为秋风所破歌》中写道：“安得广厦千万间，大庇天下寒士俱欢颜？呜呼，何时眼前突兀现此屋，吾庐独破受冻死亦足！”他不愧为人民崇敬的“诗圣”。

⑭ **赋拟扬雄** 西汉扬雄，博览群书，长于辞赋。他的四篇代表作《河

东赋》《甘泉赋》《羽猎赋》《长杨赋》，史称“四大赋”。另有《蜀都赋》，实开后世京都赋的先河。（见《汉书·扬雄传》）

⑮ **人情冷暖异，世态炎凉同**　这两句是说社会上趋炎附势的人情世故。指一些人在别人得势时百般奉承，别人失势时就十分冷淡；人得势时车马盈门，人失势时门可罗雀。[宋]文天祥《杜架阁》诗云：“世态炎凉甚，交情贵贱分。”

⑯ **丝坠槐虫飘帐幕**　坠丝槐虫随风飘向帐幕。槐虫：即槐蚕。幼虫能吐丝下垂，俗称“吊死鬼”，随风飘荡，很讨人嫌。[唐]元稹《松树》诗云：“槐树夹道植，枝叶俱冥蒙（幽暗不明）。既无贞直干，复有罥挂（悬挂）虫。”

⑰ **竹庄花蝶护房栊**　彩蝶在竹园窗外飞舞。房栊：窗户。[宋]陆游《太平时》诗云：“竹里房栊一径深，静愔愔（安静和悦）。”

⑱ **高士游来，屐齿印开苔径绿**　这是宋朝司马光《和范景仁谢寄西游行记》中“缘苔蹑蔓知多少，千里归来屐齿苍”和宋朝叶绍翁《游园不值》中“应怜屐齿印苍苔”诗句的化用。屐齿：古人所穿的木底鞋底部像齿一样凸出的部分。

⑲ **状元归去，马蹄踏破杏泥红**　这是唐代孟郊《登科后》中“春风得意马蹄疾，一日看尽长安花”和宋朝杨万里《小溪至新田》中“落红满路无人惜，踏作花泥透脚香”诗意的化用。

lóng quán jiàn niǎo háo gōng chūn nuó zhú yì
龙泉剑[20]，鸟号弓[21]。春傩逐疫[22]，
shè jiǔ qí fēng dí zòu lóng yín shuǐ xiāo chuī fèng xiào tóng
社酒祈丰[23]。笛奏龙吟水，箫吹凤啸桐[24]。
jiāng miàn yú zhōu fú yí yè lóu tóu qiáo gǔ bào sān tòng shí
江面渔舟浮一叶[25]，楼头谯鼓报三通[26]。时
dāng wǔ gēng shù yǐn gǒng cháo tiān què wài lòu guò bàn yè jǐ
当五更，庶尹拱朝天阙外[27]；漏过半夜，几
rén gē wǔ yuè míng zhōng
人歌舞月明中[28]。

注解

⑳ **龙泉剑** 中国名剑。战国初期越国人欧冶子铸造。晋朝开国元勋张华委任雷焕为丰城令。焕到县，挖掘狱屋地基，得双剑，一曰龙泉，一曰太阿。（见《晋书·张华传》）

㉑ **鸟号弓** 齐景公在泰山“以柘（灌木）为弓，弹鸟鸟号呼，因名鸟号弓”。（见《韩诗外传》）

㉒ **春傩逐疫** 傩：南方传说中驱除瘟疫的神。早在商周时期，就有人们头戴金制四眼面具，身穿黑衣朱裳，执戈扬盾，扮演傩神，用反复的舞蹈动作表演驱除瘟疫的仪式。（见《周礼·夏官司马第四·方相氏》）

㉓ **社酒祈丰** 旧时农民于春秋社日（在立春立秋后）祭祀土神，饮酒庆

贺，祈求五谷丰登。称所备之酒为社酒。［宋］陆游《春社》诗云：“社肉如林社酒浓，乡邻罗拜祝年丰。”

㉔ **笛奏龙吟水，箫吹凤啸桐** 奏笛引龙啸，吹箫诱凤鸣。这两句是唐代诗人李白《宫中行乐词》中“笛奏龙吟水，箫鸣凤下空”诗句的化用。

㉕ **江面渔舟浮一叶** 这是宋朝诗人范仲淹《江上渔者》中“君看一叶舟，出没风波里”诗句的化用。

㉖ **楼头谯鼓报三通** 谯鼓：古代城门上瞭望楼内的报时鼓。［明］叶宪祖《金翠寒衣记》云：“断送人谯鼓三更侧。”

㉗ **时当五更，庶尹拱朝天阙外** 天还未亮，文武百官就在皇宫门外等候朝见天子。庶尹：朝廷百官。天阙：皇宫。旧时官吏每日朝见天子，清晨卯时（五更）赴皇宫门外签到，叫“画卯”或“赴卯”。

㉘ **漏过半夜，几人歌舞月明中** 时过半夜，一些王公贵族仍在月下唱歌跳舞。漏：滴漏。古代用滴水计时的器具。

清江泛舟（陈少梅）

二冬

jūn zǐ zhú dà fū sōng tōu xiāng fěn dié cǎi
君子竹①，大夫松②。偷香粉蝶③，采
mì huáng fēng fēng dìng hé xiāng xì rì gāo huā yǐng chóng
蜜黄蜂④。风定荷香细⑤，日高花影重⑥。
dà yǔ lǐng tóu méi càn làn gū sū tái zú cǎo méng róng yuè
大庾岭头梅灿烂⑦，姑苏台足草蒙茸⑧。跃
mǎ yóu rén yuàn nèi guān huā kuā jǐng měi cāo tún yě lǎo tián
马游人，苑内观花夸景美⑨；操豚野老，田
jiān bài shè zhù nián fēng
间拜社祝年丰⑩。

注解

① **君子竹** 东晋黄门侍郎王徽之（王羲之之子），字子猷，今山东临沂人。性爱竹，以竹为友。他曾暂寄人空宅住，便令种竹，说："何可一日无此君！"（见［南朝宋］刘义庆《世说新语·任诞》）

② **大夫松** 秦始皇登泰山，立石祠祀。下山，至五棵松树时，"风雨暴至，休于树下，因封其树为'五大夫'"。（见《史记·秦始皇本纪》）

③ **偷香粉蝶** 明朝兰陵笑笑生《金瓶梅》云："偷香粉蝶餐花蕊，戏水蜻蜓上下旋。"

④ **采蜜黄蜂** 宋朝刘基《题水墨蓼花草虫》诗云："寻香粉蝶应随梦，采蜜黄蜂不趁衙（飞离蜂王去采蜜）。"

⑤ **风定荷香细** 荷香细：荷花的香气若有若无。［宋］袁去华《诉衷情》

词云："荷花风细竹娟娟。"［宋］晁端礼《满庭芳·天与疏慵》词云："十里横塘过雨，荷香细、苹末风清。"

⑥ **日高花影重**　花影重：花影重叠。［唐］杜荀鹤《春宫怨》诗云："风暖鸟声碎，日高花影重。"

⑦ **大庾岭头梅灿烂**　大庾岭脊上有一雄关，今谓大梅关。大梅关有数里石板古道，道旁多梅树，亦称"梅岭"。梅灿烂：梅花盛开。［元］王冕《素梅》诗云："大庾岭头春似海，不是寻常白玉堂"；"朔风吹寒珠蕾裂，千花万花开白雪"。

⑧ **姑苏台足草蒙茸**　姑苏台：在江苏苏州西姑苏山上，春秋时吴王阖闾所筑，是吴王宴饮娱乐之所。越国攻吴，遂焚其台，台址荒芜。唐代诗人白居易《杂兴三首》诗云："姑苏台下草，麋鹿暗生麑。"

⑨ **跃马游人，苑内观花夸景美**　唐朝诗人孟郊年轻时隐居嵩山。他多次进京赶考不中，直到46岁终于考取进士，他写的《登科后》诗云："春风得意马蹄疾，一日看尽长安花。"抒发他的喜悦心情。

⑩ **操豚野老，田间拜社祝年丰**　战国时期，齐国大臣淳于髡，看到一个老农，手操一豚（小猪）蹄、一杯酒祭土神，祈祷说："土地爷，保佑我家高地上收获的谷物盛满竹笼，低洼地收获的粮食装满车，五谷丰饶，穰穰满家。"后把"操豚"视为用小利获大益。（见《史记·滑稽列传》）

féng fù hǔ　yè gōng lóng　yú chén yàn yǎo　yàn
冯 妇 虎[11]，叶 公 龙[12]。鱼 沉 雁 杳[13]，燕
lǎn yīng yōng　yī yī hé pàn liǔ　yù yù jiàn biān sōng
懒 莺 慵[14]。依 依 河 畔 柳[15]，郁 郁 涧 边 松[16]。
tiān chéng làng yuàn sān qiān jiè　yún suǒ wū shān shí èr fēng
天 成 阆 苑 三 千 界[17]，云 锁 巫 山 十 二 峰[18]。
sāo kè yóu guī　shuāng xiù wēi zhān huā qì shī　yú láng diào
骚 客 游 归，双 袖 微 沾 花 气 湿[19]；渔 郎 钓
bà　yì zhōu xián xì liǔ yīn nóng
罢，一 舟 闲 系 柳 阴 浓[20]。

注解

⑪ **冯妇虎**　东周大力士冯妇，善于打虎，后来成了善士，不再打虎了。一天，众人在追赶一只老虎，老虎背靠山势险阻处抵抗，无人敢去接近。这时冯妇驾车而来，卷袖振臂下车去与老虎搏斗。众人都高兴地欢迎他，称赞他，而一些书生却讥笑他重操旧业。（见《孟子·尽心下》）

⑫ **叶公龙**　春秋时期，有个叫叶（旧读 shè）子高的人，很喜爱龙，家里满屋都是画龙雕龙。真龙闻之，从天而降其屋中，“叶公见之，弃而还走（回头就跑），失其魂魄，五色无主”。后人以“叶公好龙”讽刺某些人表面喜爱某事，实际却很畏惧它。（见［汉］刘向《新序·杂事》）

⑬ **鱼沉雁杳**　比喻书信不通，音信断绝。［唐］戴叔伦《相思曲》云：“鱼沉雁杳天涯路，始信人间别离苦。”［宋］朱淑真《寄情》诗云：“欲寄相思满纸愁，鱼沉雁杳又还休。”

⑭ **燕懒莺慵**　春天过去，燕莺懒得飞舞。［宋］陈允平《倦寻芳·杏檐转午》词云：“燕懒莺慵春去也，落花犹是东风主。”

⑮ **依依河畔柳** 依依：柔嫩的树枝随风摇摆的样子。古人有折柳送别的习俗，在诗词中常借杨柳意象来抒写离别之情。《诗经·采薇》：“昔我往矣，杨柳依依。”［唐］许浑《重别（时诸妓同饯）》诗云：“泪沿红粉湿罗巾，重系兰舟劝酒频。留却一枝河畔柳，明朝犹有远行人。”

⑯ **郁郁涧边松** 郁郁：草木茂盛的样子。［宋］梅尧臣《过永庆院》诗云：“庭下已无柏，涧边唯有松。”

⑰ **天成阆苑三千界** 阆苑三千界：指虚无缥缈的遥远仙境。［前蜀］杜光庭《墉城集仙录》载，阆苑原指“西王母所居宫阙，在阆风之苑，有城千里，玉楼十二”。

⑱ **云锁巫山十二峰** 巫山：位于重庆市长江巫峡两岸，有十二高峰，直插云霄，其中尤以神女峰最为秀丽。在与神女峰夹岸相对的飞凤峰脚下，立有神女庙。［宋］汪元量《神女祠》诗云：“野庙凄凉向峡中，断崖无路一从容。楚王（楚襄王）神女知何在，云锁巫山十二峰。”

⑲ **骚客游归，双袖微沾花气湿** 这是宋朝喻良能《丁未二月十三日延和轮对》中“归来满袖有浓香”诗句的化用。骚客：诗人。花气：花的香气。

⑳ **渔郎钓罢，一舟闲系柳阴浓** 这是唐朝司空曙《江村即事》中“钓罢归来不系船”和唐朝皮日休《芳草渡》中“闲船系绿阴”诗句的化用。

cuī chūn niǎo　zào qiū qióng　guō róng kòu mǎ　wèi
催春鸟[21]，噪秋蛩[22]。郭荣叩马[23]，卫
xiàn shè hóng　yù pán hóng lǚ rùn　jīn wèng lǜ pēi nóng
献射鸿[24]。玉盘红缕润，金瓮绿醅浓[25]。
duì xuě shuí jiā yín liǔ xù　pī fēng hé chù cǎi fú róng　fāng
对雪谁家吟柳絮[26]，披风何处采芙蓉[27]。芳
mǎn chūn yuán　hóng xìng yǒu yán qīng lù xǐ　yǔ guò qiū gǔ
满春园，红杏有颜清露洗[28]；雨过秋谷，
xuán guān wú suǒ bái yún fēng
玄关无锁白云封[29]。

注解

㉑ **催春鸟**　即杜鹃，属春来鸟。有种春花叫山石榴，也叫杜鹃花。杜鹃花开春来到。[唐]白居易《山石榴》诗云："九江三月杜鹃来，一声催得一枝开。"

㉒ **噪秋蛩**　即蟋蟀。[元]关汉卿《〈双调〉大德歌·秋》曲云："秋蝉儿噪罢寒蛩儿叫，淅零零细雨打芭蕉。"

㉓ **郭荣叩马**　叩马：亦作"扣马"，牵住马，不使前进。春秋时期，晋和宋等诸侯国伐齐，齐灵公驾马欲逃。大夫郭荣与太子光叩马阻拦，并抽剑斩断套在马腹上的皮带，终于制止了齐灵公逃跑。（见《左传·襄公十八年》）

㉔ **卫献射鸿**　春秋时，卫献公约孙林父、宁殖二卿共进午餐。二卿穿朝服待命宫门。时过中午，不见人来召，二人直叩宫门求见。守门内侍说主公正在后圃练射鸿箭术。二人合意：主公无道，溺于玩乐，不敬忠臣，不如见机奉公子剽为君。（见《东周列国志·卫献公慢臣》）

㉕ **玉盘红缕润，金瓮绿醅浓**　这两句是唐代诗人韩翃（一说是朱湾）《宴

杨驸马山池》中“鲙下玉盘红缕细，酒开金瓮绿醅（未过滤的酒）浓”诗句的化用。

㉖ **对雪谁家吟柳絮** 晋代才女谢道韫，聪慧有才智。一次，天下大雪，道韫之叔父谢安（晋朝大臣）问侄儿胡儿：“大雪纷飞何所似？胡儿曰：‘撒盐空中差可拟（好比从空中往地上撒盐巴）。’道韫曰：‘未若柳絮因风起（不如说像风起柳絮空中飞）’。”谢安大赞侄女奇才。（见《晋书·王凝之妻谢氏传》）

㉗ **披风何处采芙蓉** 唐代诗人杜荀鹤《春宫怨》诗云：“早被婵娟误，欲妆临镜慵……年年越溪女，相忆采芙蓉。”是说许多貌美少女被选进皇宫，伴随她们的却是孤苦寂寞的冷宫生活，不免羡慕当年西施洗衣、采芙蓉的越溪。

㉘ **芳满春园，红杏有颜清露洗** 这是唐朝郑愔《春怨》中“露洗百花鲜”和宋朝杜安世《河满子》中“细雨裛（同‘浥’，沾湿）开红杏，新妆粉面鲜明”诗句的化用。

㉙ **雨过秋谷，玄关无锁白云封** 玄关：泛指门户。四川都江堰“二王庙”附近的茶马古道旁有一座小道观，其楹联云：“道院有尘清风扫，玄门无锁白云封。”［明］吴礼嘉《题悬空寺》诗云：“飞阁丹霞上，白云几度封。”

三江

huā yíng jiàn jiǔ mǎn gāng tuí yuán bài bì jìng
花盈槛，酒满缸①。颓垣败壁②，净
jī míng chuāng lán kāi xiāng jiǔ wǎn fēng luò lěng
几明窗③。兰开香九畹④，枫落冷
wú jiāng shān lù fāng chén fēi àn àn shí qiáo liú shuǐ xiǎng
吴江⑤。山路芳尘飞黯黯⑥，石桥流水响
shāng shāng tuì bǐ chéng qiū yòu jūn shū tū sān qiān guǎn
淙淙⑦。退笔成邱，右军书秃三千管⑧；
jiàn qí rù jìng ān shí mén pái shí liù shuāng
建旗入境，安石门排十六双⑨。

注解

① **花盈槛，酒满缸**　盈槛：满车。这两句是宋朝柳永《剔银灯》中“论槛买花，盈车载酒”诗句的化用。［宋］俞桂《送人之松江》中有“送客离愁酒满缸”句。

② **颓垣败壁**　犹“颓垣废址”。形容荒凉破败的景象。［宋］欧阳修《有美堂记》云：“今其江山虽在，而颓垣废址，荒烟野草，过而览者，莫不为之踌躇而凄怆。”

③ **净几明窗**　形容房间干净明亮。几：小桌。［宋］苏辙《寄范丈景仁》诗云：“欣然为我解东阁，明窗净几舒华茵。”

④ **兰开香九畹**　兰花芳香传九畹。畹：古计面积单位，三十亩为一畹。［宋］黄庭坚《次韵答黄与迪》诗云：“兰芳深九畹，露味挹三危（古代西部

边疆山名)。”

⑤ **枫落冷吴江** 枫叶冬季落吴江。吴江：即吴淞江。这是宋朝苏轼《卜算子·缺月挂疏桐》中“枫落吴江冷”词句的化用。

⑥ **山路芳尘飞黯黯** 黯黯：昏暗不明。这是三国魏诗人陈琳《游览诗》中“萧萧山谷风，黯黯天路阴”诗句的化用。

⑦ **石桥流水响淙淙** 淙淙：流水声，按古音应读shāng shāng。这是唐朝高适《鲁西至东平》中“石桥水横流”和唐代白居易《草堂前新开一池》中“淙淙三峡水”诗句的化用。

⑧ **退笔成邱，右军书秃三千管** 邱：同“丘”，指坟头。右军：指王羲之，官至右军将军。王羲之是著名书法家，被人们誉为“书圣”。苏轼说他刻苦练字“笔秃千管，墨磨万锭”。南朝永欣寺僧人智永，是王羲之的第七世孙，也是著名的书法家，相传他写字积下来的秃笔头就有十瓮，后埋成一墓，号曰“退笔冢”。(见［唐］张怀瓘《书断·僧智永》)

⑨ **建旗入境，安石门排十六双** 建旗：本指立旗为标志，后以指大将出镇。安石：指东晋政治家、军事家谢安，字安石。东晋政治家、军事家桓温死后，谢安总揽了东晋的朝政。《晋书·谢安传》载：“忽梦乘温舆行十六里，见一白鸡而止。乘温舆者，代其位也。十六里，止今十六年矣。白鸡主酉，今太岁在酉，吾病殆不起乎！”谢安代桓温主政十六年而死。“门排十六双”，就是建旗树立了十六年。

zhēn yù jiǎ　tī yín gāng　qǐ fēng shí yàn　fèi rì
斟玉斝⑩，剔银釭⑪。起风石燕⑫，吠日
shān máng　chūn rǎn qiān mén liǔ　qiū lián wàn qǐng jiāng
山龙⑬。春染千门柳⑭，秋连万顷江⑮。
jiǔ lì néng jiāng chóu zhèn pò　chá xiāng kě shǐ shuì mó xiáng
酒力能将愁阵破⑯，茶香可使睡魔降⑰。
běi yuàn chūn huí　yí lù huā xiāng suí zhuó jī　xī hú shuǐ mǎn
北苑春回，一路花香随着屐⑱；西湖水满，
liù qiáo liǔ yǐng zhào fēi shuāng
六桥柳影照飞艭⑲。

注解

⑩ **斟玉斝**　斝：青铜酒器。［宋］无名氏《临江仙·乐奏箫韶花烛夜》中有“满斟玉斝醉何妨”诗句。

⑪ **剔银釭**　釭：灯具。［金］董解元《西厢记诸宫调》云：“壁上银釭半明灭，床上无眠，愁对如年夜。”

⑫ **起风石燕**　风起石燕就飞。石燕：似燕之石。［北魏］郦道元《水经注·湘水》云：“湘水东南流径石燕山东，其山有石，绀而状燕，因以名山。其石或大或小，若母子焉。及其雷风相薄（紧迫），则石燕群飞，颉颃如真燕矣。”

⑬ **吠日山龙**　山龙：一种多毛的野狗。古蜀国地区，多雨雾，见日少，日出，蜀地之犬就对着太阳狂吠，故有“蜀犬吠日”之典。比喻少见多怪。［唐］柳宗元《答韦中立论师道书》云：“仆（柳宗元自谦）往闻庸、蜀之南，恒雨少日，日出则犬吠。”

⑭ **春染千门柳**　这是唐代诗人白居易《池上早春即事招梦得》中“晴

熏榆荚黑，春染柳梢黄”诗句的化用。

⑮ **秋连万顷江** 这是唐代诗人殷尧藩《寄许浑秀才》中“秋稼连千顷，春花醉几场”诗句的化用。

⑯ **酒力能将愁阵破** 酒能消愁。曹操有“何以解忧？唯有杜康（名酒）”之名句。（见《短歌行》）陆游有“闲愁如飞雪，入酒即消融”的佳话。（见《对酒》）更妙的是古代无名氏的《四不如酒》：“刀不能剪心愁，锥不能解肠结，线不能穿泪珠，火不能销鬓雪；不如饮此神圣杯，万念千忧一时歇。”（见《诗渊》）

⑰ **茶香可使睡魔降** 茶能解困。[宋]陆游《残春无几述意》诗云：“试笔书盈纸，烹茶睡解围。”另一首《试茶》诗云：“北窗高卧鼾如雷，谁遣香茶挽梦回？”

⑱ **北苑春回，一路花香随着屐** [唐]来鹄《清明日与友人游玉塘庄》诗云：“几宿春山逐陆郎，清明时节好烟光。归穿细荇船头滑，醉踏残花屐齿香。”

⑲ **西湖水满，六桥柳影照飞艘** 艘：小船。北宋元祐年间，苏轼任杭州知府时，在西湖筑堤，横截湖面，用以开湖蓄水。堤上建六桥九亭，夹道植柳，名为“苏公堤”。（见《宋史·河渠志·东南诸水下》）宋代诗人蔡襄《寒食西湖观竞渡》中有“尽日旌旗停曲岸，满潭钲鼓竞飞艘”诗句。

chuī mù dí　fàn yú shuāng　yán líng zhēn yǐn　jì
吹牧笛[20]，泛渔艭[21]。严陵真隐[22]，纪
xìn zhà xiáng　dōng léi jīng wèi mǔ　chūn shuǐ fàn xiāng jiāng
信诈降[23]。冬雷惊渭亩[24]，春水泛湘江[25]。
tíng yuàn rì qíng huáng niǎo bìng　jiāng hú làng kuò bái ōu shuāng
庭院日晴黄鸟并[26]，江湖浪阔白鸥双[27]。
shí bā pāi jiā　cài yǎn yōu chuī yú běi sài　sān wǔ zhū liǔ　táo
十八拍笳，蔡琰悠吹于北塞[28]；三五株柳，陶
qián xiào ào yú nán chuāng
潜啸傲于南窗[29]。

注解

⑳ **吹牧笛**　［明］王肆《题沈孟渊江乡深处》诗云："渔歌唱过鸥边月，牧笛吹残谷口烟。"

㉑ **泛渔艭**　渔艭：即渔舟。［宋］李之仪《满庭芳·花陌千条》词云："春常在，仙源路隔，空自泛渔舟。"

㉒ **严陵真隐**　后汉严光，字子陵，会稽余姚人。少与光武帝刘秀同学，有高名。刘秀称帝，严光改姓埋名隐遁。刘秀召严光到京，授谏议大夫，严光不受，退隐于浙江富春山，以农耕、钓鱼自乐。后人名其处为"严陵濑"，亦称"严陵滩"。（见《后汉书·隐逸传》）

㉓ **纪信诈降**　纪信：一名纪成。汉朝将军，曾参与鸿门宴，随刘邦起兵抗秦。由于身形及相貌酷似刘邦，在荥阳城危时假扮成刘邦向西楚诈降，被俘。项羽见纪忠心，有意招降，但纪信拒绝。最终被项羽用火刑处决。（见《汉书·高祖本纪》）

㉔ **冬雷惊渭亩**　渭亩：渭川田家。这是宋朝何应龙《笋》中"昨夜震

雷轰渭亩”诗句的化用。

㉕ **春水泛湘江** 这是唐代齐己《湘江渔父》中“湘潭春水满”诗句的化用。

㉖ **庭院日晴黄鸟并** 这是宋朝叶梦得《南乡子》中“小院雨新晴，初听黄鹂第一声”词意的化用。黄鸟：即黄鹂、黄莺。

㉗ **江湖浪阔白鸥双** 这是宋朝杨冠卿《水亭晚坐》中“烟波渺涉白鸥双”诗句的化用。

㉘ **十八拍笳，蔡琰悠吹于北塞** 东汉女诗人蔡琰，字文姬，陈留（今河南杞县南）人。东汉文学家、书法家蔡邕之女。博学有才辩，通音律。初嫁河东卫仲道，夫亡无子，归娘家。汉末，天下大乱，匈奴趁机入侵，蔡文姬被胡骑掳去，嫁给了南匈奴左贤王，生二子，居匈奴十二年。曹操以金璧赎归汉朝，再嫁董祀。作《悲愤诗》《胡笳十八拍》，叙其流匈奴，归汉朝，与亲子离别的悲惨生活与矛盾心情。（见《后汉书·董祀妻传》）

㉙ **三五株柳，陶潜啸傲于南窗** 东晋诗人陶潜（陶渊明），字元亮，号五柳先生。在他任彭泽县令时曾说“吾不能为五斗米折腰，拳拳事乡里小人”。不久便辞官隐居。他在《归去来兮辞》一文中说：“倚南窗以寄傲，审容膝之易安（倚着南窗寄托我的傲世之情，住着只够伸腿的小屋我觉得很安适）。”（见《晋书·陶潜传》）

四支

méi pò ruǐ　liǔ chuí sī　hé xiāng shí lǐ　mài suì
梅破蕊①，柳垂丝②。荷香十里③，麦穗
liǎng qí　bāo chéng xiāng tòu jiǎ　cháng dào qì fān chí
两歧④。剥橙香透甲⑤，尝稻气翻匙⑥。
zǐ mò yóu rén yáo yù lè　huà táng jiǔ kè zuì jīn zhī　yún
紫陌游人摇玉勒⑦，画堂酒客醉金卮⑧。云
suǒ wū shān　mò hàn bǎo zī tiān wài bǐ　chí hán liè xiù　yù
锁巫山，墨翰饱滋天外笔⑨；池涵列宿，玉
pán luàn bù shuǐ zhōng qí
盘乱布水中棋⑩。

注解

① **梅破蕊**　梅花开。[宋]李涛《拥翠楼》诗云："淳熙元年九月尾，菊未落英梅破蕊。"

② **柳垂丝**　柳条垂。[唐]皇甫松《杂曲歌辞·杨柳枝》诗云："烂熳春归水国时，吴王宫殿柳垂丝。"

③ **荷香十里**　[宋]黄庭坚《鄂州南楼书事》诗云："四顾山光接水光，凭栏十里芰荷香。"

④ **麦穗两歧**　一根麦长两个穗。比喻年成好，粮食丰收。东汉太守张堪，戍边，边境太平；理政，民安物丰。[南朝宋]范晔《后汉书·张堪传》云："百姓歌曰：'桑无附枝，麦穗两歧。张君为政，乐不可支。'"

⑤ **剥橙香透甲**　剥橙子指甲浸橙味。这是宋朝苏轼《初自径山归述古

召饮介亭以病先起》中“喜见新橙透甲香”诗句的化用。

⑥ **尝稻气翻匙** 尝稻米勺匙飘稻香。这是唐朝杜甫《孟冬》中“尝稻雪翻匙”诗句的化用。

⑦ **紫陌游人摇玉勒** 这是北周庾信《三月三日华林园马射赋》中“控玉勒而摇星”诗句的化用。紫陌：帝都郊野的道路。玉勒：玉制的马衔。

⑧ **画堂酒客醉金卮** 这是宋朝余靖《再简伯恭》中“帝家园苑醉金卮”诗句的化用。画堂：华丽的屋宇。金卮：金制酒器。

⑨ **云锁巫山，墨翰饱滋天外笔** 形容如巨笔穿天的巫山，被犹如浓墨的乌云封锁。

⑩ **池涵列宿，玉盘乱布水中棋** 形容天上群星映入池中，如同在水中布棋子。列宿：群星。玉盘：比喻池中水面。

荷香十里（清·王震）

sān dū fù qī bù shī bān chāo tóu bǐ wáng
三都赋⑪，七步诗⑫。班超投笔⑬，王

zhì guān qí yuè zhào fù chūn zhǔ léi hōng jiàn fú bēi
质观棋⑭。月照富春渚⑮，雷轰荐福碑⑯。

dī liǔ tuō yān mí fěi cuì hǎi táng jīng yǔ shī yān zhī háo fù
堤柳拖烟迷翡翠⑰，海棠经雨湿胭脂⑱。豪富

shí chóng yāo kè bù kōng jīn gǔ zhǎn fēng liú shān jiǎn zhù jūn
石崇，邀客不空金谷盏⑲；风流山简，驻军

cháng zuì xí jiā chí
常醉习家池⑳。

注解

⑪ **三都赋** 指西晋左思的作品，分别是《吴都赋》《魏都赋》《蜀都赋》。

⑫ **七步诗** 三国魏文帝曹丕，嫉妒弟弟曹植的文才，欲加害之，逼弟于七步之内作诗一首。曹植应声道："煮豆燃豆萁，豆在釜中泣。本是同根生，相煎何太急？"

⑬ **班超投笔** 东汉班超，家境贫穷，在官府做辛苦的抄写员。他想起报国之事，便掷笔长叹说："大丈夫应当在边疆为国立功，要像傅介子、张骞一样，哪能一直在笔砚之间讨生！"后立功西域，封定远侯。（见《后汉书·班超传》）

⑭ **王质观棋** 神话传说，晋人王质到石室山砍柴，看到几个童子在下棋、唱歌，便放下斧头边看边听。童子送给王质一枚似枣核的东西，王质将其含于口中，不觉饥饿。未久，童子对王质说："你为何还不回家？"王质起身欲归，看斧，已经腐烂；回到村里，与己同龄者都已过世。（见［南朝梁］任昉《述异记》）

⑮ **月照富春渚** 富春渚：指浙江富春江畔。南北朝诗人谢灵运游富春江时，曾写《富春渚诗》。[唐]郎士元《送奚贾归吴》诗云："东南富春渚，曾是谢公游。"

⑯ **雷轰荐福碑** 北宋诗人范仲淹在鄱阳做官时，有个书生向他呈上一首十分工整的诗，并自言平生未曾吃饱过饭，天下没有比他更受饥寒的人了。范仲淹很同情这个书生，准备把大书法家欧阳询（世称"欧阳率更"）为饶州荐福寺写的字值千钱的"荐福碑"碑文拓印一千份，让他去京师出售谋生。拓印纸墨已备，不料，当晚一声巨雷击碎了"荐福碑"。穷书生没有运气。（见[宋]惠洪《冷斋夜话》）

⑰ **堤柳拖烟迷翡翠** 这是唐朝韦庄《台城》中"无情最是台城（南京玄武湖畔）柳，依旧烟笼十里堤"和唐朝冯延巳《抛球乐·露晞向晚莫怨登高白玉杯》中"帘幕烟寒翡翠来"诗句的化用。

⑱ **海棠经雨湿胭脂** 这是宋朝词人王雱《倦寻芳慢·露晞向晚》中"海棠经雨胭脂透"诗句的化用。

⑲ **豪富石崇，邀客不空金谷盏** 西晋巨富石崇，好摆阔气，生活奢靡。他在都城洛阳附近建有豪宅"金谷园"，常在园中宴饮宾客，"遂各赋诗，以叙中怀，或（有人）不能者，罚酒三斗"。（见《晋书·石崇传》）

⑳ **风流山简，驻军常醉习家池** 习家池：别名"高阳池"，东汉初年襄阳侯习郁的私家园林。西晋名将山简，嗜酒成癖，人称"醉山翁"。任征南将军时，镇守襄阳，常赴高阳池纵酒，烂醉方休。有童谣说："山公时一醉，径造（直接去）高阳池。日暮倒载（躺倒在车上）归，酩酊无所知。复能乘骏马，倒着白接篱（古代一种头巾）。"（见《世说新语·任诞》）

gē dào wò　dí héng chuī　ruǎn jí qīng yǎn
戈倒握[21]，笛横吹[22]。阮籍青眼[23]，
mǎ liáng bái méi　yǔ lán liú shuǐ jí　fēng dìng luò huā chí
马良白眉[24]。雨阑流水急，风定落花迟[25]。
shuāi liǔ jīng fēng fēi bìng yè　kū méi dé yuè zhào hán zhī
衰柳经风飞病叶[26]，枯梅得月照寒枝[27]。
shì yì gāo rén　xié juǎn yù lián tōng yàn zǐ　táo qíng xiá
适意高人，斜卷玉帘通燕子[28]；陶情侠
kè　xián pāo jīn dàn dǎ yīng er
客，闲抛金弹打莺儿[29]。

注解

㉑ **戈倒握**　犹言倒持戈矛。唐代著名政论家陆贽认为，打仗必须以我之长制敌之短。否则，“斯谓（就等于）倒持戈矛，以鐏（戈矛柄）授寇者也”。（见《新唐书·陆贽传》）

㉒ **笛横吹**　［宋］雷震《村晚》诗云：“牧童归去横牛背，短笛无腔信口吹。”

㉓ **阮籍青眼**　看人时黑眼珠在眼球中间直视对方，叫“青眼”；斜眼看人，叫“白眼”。青眼看人表示对人的喜爱、尊重。三国魏文学家阮籍，以青眼善待神交，以白眼蔑视“礼俗之士”。（见《晋书·阮籍传》）

㉔ **马良白眉**　三国时，蜀国侍中马良，有兄弟五人，均才干出众，尤以马良为最。马良眉毛已变白，故称其为“白眉”。（见《三国志·蜀书·马良传》）

㉕ **雨阑流水急，风定落花迟**　这两句引自宋朝诗人艾性夫《清趣》中的“雨阑（雨已停）流水急，风定落花迟（无风花落缓）”诗句。

㉖ 衰柳经风飞病叶 风吹衰柳飘黄叶。这是唐代白居易《雨中题衰柳》中“湿屈青条折，寒飘黄叶多”诗句的化用。

㉗ 枯梅得月照寒枝 枯梅：梅子熟透了的时候，天天都是晴和的天气。这种现象属于“干黄梅”，也有称“枯梅年”。［宋］白玉蟾《华阳吟》云：“一里有人擒玉兔，赶教明月上寒枝。”

㉘ 适意高人，斜卷玉帘通燕子 这是宋朝词人张枢《瑞鹤仙》中“卷帘人睡起，放燕子归来，商量春事”和宋朝诗人陈师道《次韵夏日江村》中“卷帘通燕子”词句的化用。

㉙ 陶情侠客，闲抛金弹打莺儿 汉武帝的宠臣韩嫣，官职为上大夫，擅长骑马射箭，爱以黄金为丸，射击猎物。（见《西京杂记》卷四）［唐］王建《宫词》有“元（原）是我王金弹子，海棠花下打流莺”诗句。

五微

chéng chù chù　diàn wēi wēi　rèn lán chǔ kè　qì
城矗矗①，殿巍巍②。纫兰楚客③，泣
zhú xiāng fēi　kè shāng nán pǔ cǎo　rén cǎi běi shān wēi
竹湘妃④。客伤南浦草⑤，人采北山薇⑥。
zhú sǔn shēng chéng qíng dài mào　shí liú bìng pò lòu zhū jī
竹笋生成擎玳瑁⑦，石榴并破露珠玑⑧。
néng yǔ néng yán　yīng wǔ zhuàn yīn láo shé dǐ　yǒu jīng yǒu wěi
能语能言，鹦鹉啭音劳舌底⑨；有经有纬，
zhī zhū jié wǎng fèi xīn jī
蜘蛛结网费心机⑩。

注解

① **城矗矗**　[唐] 张祜《游天台山》诗云："回首望四明（四明山），矗若城一堵。"

② **殿巍巍**　[宋] 释惟一《偈颂》诗云："巍巍玉殿与琼楼，已见翚飞拄杖头。"

③ **纫兰楚客**　指楚国诗人屈原。纫兰：把兰草缝缀起来佩戴在身上。屈原《离骚》云："纫秋兰以为佩。"

④ **泣竹湘妃**　相传尧舜时代，湖南九嶷山上有九条恶龙，戏闹湘江，祸害百姓。舜帝南巡，除恶安民，累死在九嶷山。舜帝两妃娥皇和女英，寻夫到九嶷山，在翠竹围绕的三峰石见到舜帝坟墓。娥皇女英痛哭泣血，泪滴竹竿，留下点点斑痕，人称"湘妃竹"。[晋] 张华《博物志·史补》云：

"舜崩，二妃啼，以涕挥竹，竹尽斑。"

⑤ **客伤南浦草** 在古代文学作品中，南浦历来是送别之地的代称，长期的文学浸染使这个词语也负载了化不开的离愁别绪。[南朝]江淹《别赋》云："送君南浦，伤如之何。"古人又常借草抒发离愁别恨。[唐]白居易《赋得古原草送别》诗云："又送王孙去，萋萋（茂盛的草）满别情。"

⑥ **人采北山薇** 《史记·伯夷列传》载：伯夷、叔齐兄弟反对周武王讨伐殷纣王，武王灭殷后，他俩遁入首阳山，发誓不食周粟，采薇（蕨菜）而食，最后饿死在山上。后因以喻隐居不仕。

⑦ **竹笋生成擎玳瑁** 长出地面的竹笋呈圆筒状宝塔形，上尖下圆，中间有节，外壳的脉线和壳毛为黄色，形如玳瑁。玳瑁：又名十三鳞，即千年龟，背上具有褐色和淡黄色血丝花纹。[宋]王禹偁《笋》诗云："田文死去宾朋散，抛掷三千玳瑁簪（喻竹笋）。"

⑧ **石榴并破露珠玑** "并"似应为"迸"字之误。石榴迸裂露出石榴籽。珠玑：指石榴籽。[唐]李商隐《石榴》诗云："榴枝婀娜榴实繁，榴膜轻明榴子鲜。"

⑨ **能语能言，鹦鹉啭音劳舌底** 这是唐朝王建《宫词》中"鹦鹉谁教转舌关"和唐朝元稹《寄赠薛涛》中"言语巧偷鹦鹉舌"诗句的化用。

⑩ **有经有纬，蜘蛛结网费心机** 这是宋朝洪适《题信州吴傅朋郎中游丝书》中"纵横经纬生胸中……织檐蛛网破清风"诗句的化用。

chuī nuǎn lǜ　dǎo hán yī　fēng fān cuì mù　yuè zhào
吹暖律⑪，捣寒衣⑫。风翻翠幕，月照
zhū wéi　yè cháng gēng lòu yuǎn　zhòu yǒng zhuàn xiāng wēi
朱帏⑬。夜长更漏远⑭，昼永篆香微⑮。
cūn xū quǎn yǐ jīng shuāng shòu　lí luò jī yīn zhuó sù féi
村墟犬已经霜瘦⑯，篱落鸡因啄粟肥⑰。
bì zé lǎo wēng　liǔ biān shí nì yóu yú zǒu　xuě yī xiān nǚ
碧帻老翁，柳边时睨游鱼走⑱；雪衣仙女，
huā dǐ cháng péi wǔ dié xī
花底长陪舞蝶嬉⑲。

注解

⑪ **吹暖律**　迷信传说，战国齐人邹衍精于音律，吹奏的音律能使气温变暖。《列子·汤问》云："北方有地，美而寒，不生五谷。邹子吹律暖之，而禾黍滋（生长）也。"

⑫ **捣寒衣**　用木杵在砧上捶击冬衣。在古诗词中常用于表达思妇对征人的牵挂。[唐]宋之问《明河篇》诗云："南陌征人去不归，谁家今夜捣寒衣。"

⑬ **风翻翠幕，月照朱帏**　这两句是宋朝诗人王令《吴学士席上作》中"风牵翠幕灯相照，月挂朱帘酒屡倾"诗句的化用。

⑭ **夜长更漏远**　夜长更漏传声远。更漏：古代宫中夜用计时器。语出宋朝诗人阮逸的女儿所作《花心动·春词》中"夜长更漏传声远，纱窗映、银缸明灭。"

⑮ **昼永篆香微**　天长焚香烟渐消。昼永：原著误为"书永"。昼永：白昼漫长。篆香：状似篆文的盘香。这是宋朝欧阳修《虞美人》中"炉香昼

永龙烟白”和宋朝刘光祖《沁园春》中“篆香渐微”的化用。

⑯ **村墟犬已经霜瘦** 荒野村庄的狗因饥寒而消瘦。村墟：荒村；村落。

⑰ **篱落鸡因啄粟肥** 篱笆院内的鸡因吃米而肥壮。篱落：篱笆。粟：小米。

⑱ **碧帻老翁，柳边时睨游鱼走** 扎绿色头巾的老翁时常在柳岸边观赏游鱼。[唐]白居易《观游鱼》诗云：“绕池闲步看鱼游，正值儿童弄钓舟。一种爱鱼心各异，我来施食尔垂钩。”

⑲ **雪衣仙女，花底长陪舞蝶嬉** 雪衣仙女：泛指白色的鸟类，如白鹭、白鹦鹉。[宋]吴潜《水调歌头》词云：“春际鹭翻蝶舞。”

浣衣图（邓芬）

hóng wǎn xiàn　lù zhāo xī　hé qíng cuì gài　liǔ
虹晚现[20]，露朝晞[21]。荷擎翠盖[22]，柳

tuō mián yī　chuāng kuò shān chéng xiǎo　lóu gāo yǔ xuě wēi
脱棉衣[23]。窗阔山城小[24]，楼高雨雪微[25]。

lín zhōng bǎi niǎo tiáo yīng chàng　yuè xià gū hóng dài yǐng fēi
林中百鸟调莺唱[26]，月下孤鸿带影飞[27]。

lǎo pǔ qiū gāo　mǎn yuàn xiān huáng kāi jú jìng　fāng tíng chūn
老圃秋高，满院掀黄开菊径[28]；芳庭春

zǎo　liǎng qí pū lù shàng chái fēi
早，两歧铺绿上柴扉[29]。

注解

⑳ **虹晚现**　晚虹是一种罕见的现象，在月光强烈的晚上可能出现。宋朝赵蕃有“晚雨后虹蜺（虹的一种）并见”诗句。

㉑ **露朝晞**　晞：干，干燥。[宋]洪迈《导引·寒日短》诗云：“寒日短，草露朝晞。”

㉒ **荷擎翠盖**　细高的荷花柄支撑着碧绿的大荷叶。[宋]赵汝鐩《雨过》诗云：“一霎荷塘雨，明珠翠盖（荷叶）擎。”

㉓ **柳脱棉衣**　春天柳絮随风乱飞，犹如柳树脱棉衣。柳絮，又叫柳棉、柳绵，即柳树的种子，上面有白色绒毛，随风飞散如飘絮。[宋]苏轼《蝶恋花》词有“枝上柳绵吹又少，天涯何处无芳草”之句。

㉔ **窗阔山城小**　这是宋朝牟巘《千秋岁·平分敏手》中“更觉山城小”词句的化用。

㉕ **楼高雨雪微**　语出唐代杜甫《夜宿西阁晓呈元二十一曹长》中“城暗更筹急，楼高雨雪微。”

㉖ **林中百鸟调莺唱**　林中百鸟伴着黄莺歌唱。[唐]韦应物《西郊燕集》诗云："众鸟鸣茂林。"

㉗ **月下孤鸿带影飞**　月下孤鸿带着自己的影儿飞。[唐]戴叔伦《孤鸿篇》诗云："顾影明月下，哀鸣声正悲。"

㉘ **老圃秋高，满院掀黄开菊径**　秋日园圃，满园黄花拢菊径。老圃：老旧的园圃。[元]柯丹丘《荆钗记·庆诞》："庆老圃黄花娱晚。"

㉙ **芳庭春早，两歧铺绿上柴扉**　春天庭院，绿茵岔道通柴门。柴扉：用树枝编扎成的门。

翠盖临风（汪溶）

六鱼

huā liǎn lòu　liǔ méi shū　liǎng háng yàn zì　yì zhǐ yú shū　rì qíng yàn yǔ huá　tiān kuò yàn xíng shū
花脸露①，柳眉舒②。两行雁字③，一纸鱼书④。日晴燕语滑⑤，天阔雁行疏⑥。

nòng dí xiǎo ér héng kuà dú　yín shī sāo kè dào qí lǘ　xiè shì yōu rén　zǐ yàn pú táo qiān rì jiǔ　rù jīng cái zǐ　bái téng huà xiá wàn yán shū
弄笛小儿横跨犊⑦，吟诗骚客倒骑驴⑧。谢世幽人，紫艳葡萄千日酒⑨；入京才子，白藤画匣万言书⑩。

注解

① **花脸露**　形容女子露出妩媚如花的脸庞。花脸：形容女子如花般的容貌。也作“花面”。［唐］元稹《恨妆成》诗云：“凝翠晕蛾眉，轻红拂花脸。”

② **柳眉舒**　形容女子舒展开细长如柳叶的秀美之眉。［宋］郑清之《食后闲步》诗云：“柳眉舒尽见桃腮（桃红的脸蛋儿）。”

③ **两行雁字**　雁字：大雁飞时排成“人”字或“一”字形，称为雁字。［唐］吴融《李周弹筝歌》云：“一字雁行斜御筵，锵金戛羽凌非烟。”

④ **一纸鱼书**　古乐府《饮马长城窟行》云：“客从远方来，遗我双鲤鱼。呼儿烹鲤鱼，中有尺素书。”后因以“鱼书”称书信。

⑤ **日晴燕语滑**　晴暖的日子燕子叫声婉转流畅。［唐］司空图《退居漫题七首》诗云：“燕语曾来客，花催欲别人。”［五代］和凝《小重山》词云：“春

入神京万木芳，禁林莺语滑、蝶飞狂。”

⑥ **天阔雁行疏** 语出元朝吴存《水调歌头·江浙贡院》：“天阔雁行疏。”

⑦ **弄笛小儿横跨犊** ［宋］雷震《村晚》诗云：“牧童归去横牛背，短笛无腔信口吹。”

⑧ **吟诗骚客倒骑驴** 唐代诗人孟浩然喜欢在风雪中于长安城外的灞桥附近倒骑着毛驴寻找写诗的灵感。《韵府群玉》载：“孟浩然尝于灞水，冒雪骑驴寻梅花，曰：‘吾诗思在风雪中驴子背上。’”［唐］唐彦谦《忆孟浩然》诗云：“郊外凌兢西复东，雪晴驴背兴无穷。句搜明月梨花内，趣入春风柳絮中。”

霸桥寻梅图（清·王震）

⑨ **谢世幽人，紫艳葡萄千日酒** 谢世幽人：去世的隐士。中山人狄希，能造千日酒，人饮此酒后能醉一千天不醒。有个叫刘玄石的，到狄希处求酒。狄希赐他一杯，刘玄石还想要。狄希说：“你改日再来。这一杯，可以让你睡一千天了。”刘玄石回到家，便醉得像死了一样，家人哭着把他埋葬了。千日即到，狄希料玄石已该酒醒，遂到玄石家访问。家人说玄石已死，丧服已除。狄希惊讶地说：“我的酒可让人睡一千天，怎么能死？”叫人把坟墓打开。刘玄石睁开眼睛，张嘴大叫：“真痛快啊！我醉了。”在场人都惊喜不已。（见［晋］张华《博物志》）

⑩ **入京才子，白藤画匣万言书** 洪武二十一年（1388），江西吉水年仅19岁的解缙考取进士，被朱元璋召见，授中书庶吉士（皇帝身边的秘书），“恩犹父子”。应朱元璋“当知无不言”的要求，解缙立即激昂慷慨地密封呈上《万言书》，直批朱元璋杀人如麻的暴政。“奏后，帝称其才”，朱元璋没杀他，反而更加重用。（见《明史·解缙传》）

jū yǒu wū chū wú jū chéng zhōu fàn lǐ tí
居有屋⑪，出无车⑫。乘舟范蠡⑬，题
zhù xiàng rú dào huā lián lǒng mǔ wú yè mǎn jiē chú
柱相如⑭。稻花连陇亩⑮，梧叶满阶除⑯。
méi dàn suí fēng jīng guò niǎo yuè gōu chén shuǐ hài yóu yú
梅弹随风惊过鸟⑰，月钩沉水骇游鱼⑱。
zuì wò wèng páng fàng dá qíng huái bì lì bù xíng yín zé pàn
醉卧瓮旁，放达情怀毕吏部⑲；行吟泽畔，
kū qiáo miàn sè chǔ sān lǘ
枯憔面色楚三闾⑳。

注解

⑪ **居有屋** ［宋］梅尧臣《陶者》诗云："陶尽门前土，屋上无片瓦。十指不沾泥，鳞鳞（房上瓦列如鱼鳞）居大厦。"

⑫ **出无车** 孟尝君的门客冯谖，自称既无才也无能，但连续弹其剑铗质问孟尝君：给冯谖的待遇为何"食无鱼""出无车"，还不给养家钱？孟尝君一一满足了冯谖的要求。（见《战国策·齐策四》）

⑬ **乘舟范蠡** 春秋越国大夫范蠡，字少伯，楚国宛（今河南南阳）人。越国败于吴国后，蠡寻得美女西施献给吴王夫差求和。随后，蠡辅佐越王勾践卧薪尝胆，刻苦图强，终灭吴国，西施归范蠡。蠡知"勾践为人可与同患难，不能共安乐"，遂携西施隐姓埋名，乘舟泛于五湖之中，遨游于七十二峰之间，经商致富。（见《史记·货殖列传》）

⑭ **题柱相如** 西汉文才司马相如曾居茂陵。未显达时，离蜀赴长安，过成都北升仙桥，于桥柱题字曰："不乘高车驷马（指做高官），不过此桥！"（见《华阳国志·蜀志》）

⑮ **稻花连陇亩** 陇亩：田亩。陇，古同“垄”。这是南宋诗人曾几《苏秀道中》中“千里稻花应秀色”诗句的化用。

⑯ **梧叶满阶除** 阶除：台阶。这是宋朝诗人刘翰《立秋日》中“满阶梧叶月明中”诗句的化用。

⑰ **梅弹随风惊过鸟** 吓得过鸟误把随风摇动的梅子当弹丸。这是宋朝词人周密《浣溪沙》中“戏抛梅弹打啼莺”词语的化用。梅弹：梅子圆如弹丸。

⑱ **月钩沉水骇游鱼** 吓得游鱼误把如钩的月牙当钓钩。这是宋朝词人黄庭坚《浣溪沙》中“惊鱼错认月沉钩”词句的化用。

⑲ **醉卧瓮旁，放达情怀毕吏部** 东晋毕卓任吏部郎时，邻家酿造的酒熟了，他在夜里去盗饮，结果醉倒瓮旁，为人所缚。第二天早晨主人知道他是大名鼎鼎的吏部郎后，即与他一同饮酒，毕卓喝醉后才离开。（见《晋书·毕卓传》）

⑳ **行吟泽畔，枯憔面色楚三闾** 战国末期，伟大诗人屈原辅佐楚怀王，任三闾大夫。后被贵族子兰、靳尚等人谗害而去职。他怨恨怀王听信谗谄，因而“忧愁幽思而作《离骚》”。顷襄王时又被放逐，长期流浪于沅湘流域。他的政治主张不被采纳，自感无力挽救楚国的危亡，楚都郢城被秦军攻破后，屈原“至于江滨，被（披）发行吟泽畔；颜色憔悴，形容枯槁”，怀石沉汨罗江而死。（见《史记·屈原贾生列传》）

yīng bó tù　lù kuī yú　lín xiū mào zhú　dì
鹰搏兔㉑，鹭窥鱼㉒。林修茂竹㉓，地
zhǒng jiā shū　lán fēng qīng zhěn diàn　méi zhú rùn qín shū
种嘉蔬㉔。兰风清枕簟㉕，梅竹润琴书㉖。
sēng shè hé rén chuī duǎn dí　wáng mén yǒu kè yè cháng jū
僧舍何人吹短笛㉗，王门有客曳长裾㉘。
jiāng yàn yǐn chú　huā wài qiè fēng fēi fù luò　shān yún hán yǔ
江燕引雏，花外怯风飞复落㉙；山云含雨，
tiān biān bì rì juǎn hái shū
天边蔽日卷还舒㉚。

注解

㉑ **鹰搏兔**　这是宋代诗人张耒《笼鹰词》中“尔能搏兔不能食”诗句的化用。

㉒ **鹭窥鱼**　这是唐朝诗人唐彦谦《东韦曲野思》中“寒鹭窥鱼共影知”诗句的化用。

㉓ **林修茂竹**　这是宋朝辛弃疾《新荷叶》中“茂林修竹”诗句的化用。

㉔ **地种嘉蔬**　这是宋朝陆游《对食作》中“种晚嘉蔬亦半收”诗句的化用。

㉕ **兰风清枕簟**　用幽兰之香气清新枕席。兰风：幽兰香风。枕簟：枕席。

㉖ **梅竹润琴书**　用梅骨竹节之精神润泽琴和书。琴与书，同为中国古代文人精神生命之所寄。

㉗ **僧舍何人吹短笛**　北宋灭亡后，杰出诗人陈与义流离逃难，在江苏青墩镇僧舍作《临江仙》词，回忆他昔日与众多英雄豪杰在明月照耀的洛

阳午桥上痛饮，在“杏花疏影里，吹笛到天明”。

㉘ 王门有客曳长裾 西汉文学家邹阳，本是吴王刘濞的门客。当刘濞阴谋发动“七国之乱”时，邹阳上书劝阻刘濞，并说只要自己尽心竭力做事，“何王之门不可曳长裾（拖着长大衣袖出入王门，比喻在权贵的门下做食客）？”吴王不听忠告，邹阳遂离开吴地。（见《汉书·邹阳传》）

㉙ 江燕引雏，花外怯风飞复落 江燕领幼燕学飞，风吹幼燕忽起忽落。［唐］殷遥《春晚山行》诗云：“野花成子落，江燕引雏飞。”

㉚ 山云含雨，天边蔽日卷还舒 山雨欲来，乌云翻滚，忽卷忽舒，遮天蔽日。这是元朝李致远《中吕·喜春来》中“断云含雨峰千朵”的化用。

观云图（陈少梅）

七虞

jīn gǔ jǐng wǎng chuān tú shí zhōu sān dǎo sì
金谷景①，辋川图②。十洲三岛③，四

ào wǔ hú zhuàn xiāng fú bǎo dǐng lòu jiàn xiǎng tóng hú
澳五湖④。篆香浮宝鼎⑤，漏箭响铜壶⑥。

lǎo zhàng guàn yuán qīn bào wèng wén jūn mài jiǔ zì dāng lú
老丈灌园亲抱瓮⑦，文君卖酒自当垆⑧。

yù ràng bào chóu tūn tàn qī shēn sī miè zhào yuè wáng huái
豫让报仇，吞炭漆身思灭赵⑨；越王怀

hèn wò xīn cháng dǎn yù píng wú
恨，卧薪尝胆欲平吴⑩。

注解

① **金谷景** 西晋巨富石崇在洛阳建一豪华别墅，名曰“金谷园”。该园规模宏大，楼台亭阁，真如天宫琼宇。（参见本卷“四支”注⑲）

② **辋川图** 辋川：水名，即辋谷水，在陕西蓝田县南，源出秦岭北麓，北流至县南入灞水。唐代诗人、画家王维曾在此建辋川别业，并作辋川图。画面中群山环抱，树林掩映，亭台楼榭，古朴端庄，呈现出悠然超尘绝俗的意境。（见［唐］张彦远《历代名画记》）

③ **十洲三岛** 十洲：道教称大海中有十处神仙居住的名山胜境，即祖洲、瀛洲、玄洲、炎洲、长洲、元洲、流洲、生洲、凤麟洲、聚窟洲。（见《十洲记》）三岛：传说渤海中有蓬莱、方丈、瀛洲三座神仙所居之仙山。（见《史记·封禅书》）

④ **四澳五湖** 四澳：亦作“四隩”，指四方可居住的地方。《尚书·禹贡》云：“九州攸同，四隩既宅。”亦指四方的邻国。[南朝宋]颜延之《赭白马赋序》云：“五方率职，四隩入贡。”五湖：古时指中国的五大淡水湖。一般指江西的鄱阳湖、湖南的洞庭湖、江苏的太湖、江苏的洪泽湖、安徽的巢湖。

⑤ **篆香浮宝鼎** 烟缕在香炉上空缭绕。篆香：状似篆文的盘香。此处指香篆，是焚香时所起的烟缕。宝鼎：指鼎形香炉。乾隆之弟弘昼写诗给孝敬宪皇后祝寿，其中有“香篆氤氲（烟云弥漫）浮宝鼎，薰风披拂满彤墀”诗句。（见《稽古斋全集》）

⑥ **漏箭响铜壶** 用铜壶盛水，壶底凿一小孔，壶中竖立一支刻有度数的箭，壶中的水逐渐减少，箭上的度数就依次显露，可按度计时。[唐]崔液《上元夜》诗云：“玉漏银壶且莫催，铁关金锁彻夜开。”

⑦ **老丈灌园亲抱瓮** 比喻安于拙陋的淳朴生活。传说孔子的学生子贡，在游楚返晋过汉阴时，见一位老人一次又一次地抱着瓮去浇菜，“用力甚多而见功寡”，就建议他用机械汲水。老人不愿意，并说：这样做，为人就会有机心（机巧功利之心），“吾非不知，羞而不为也”。（见《庄子·天地》）

⑧ **文君卖酒自当垆** 西汉才女卓文君，善鼓琴。丧夫后，留居四川临邛娘家。后与辞赋大家司马相如相爱，一同逃婚到成都，不久又一同返回娘家，相如“尽卖其车骑，买一酒舍酤（通‘沽’）酒，而令文君当垆（站柜台卖酒）”。（见《史记·司马相如列传》）

⑨ **豫让报仇，吞炭漆身思灭赵** 晋国的韩、赵、魏三家联合灭掉了智氏家族，智伯瑶（智氏之长）被杀。智伯的家臣豫让为替恩人智伯瑶报仇，改名迁居，以掩其身；用漆涂身，以变其形；吞炭致哑，以失其言。暗伏汾水桥下，谋杀赵襄子。未遂，被捕。临刑前，他求得赵襄子一件衣服，拔剑刺衣，以示已为智伯复仇。然后伏剑自杀。（见《史记·刺客列传》）

⑩ **越王怀恨，卧薪尝胆欲平吴** 春秋时期，吴吞越国。越王勾践在谋臣范蠡、文种辅佐下，卧薪尝胆，十年生聚，十年教训，终于复国灭吴。（见《史记·越王勾践世家》）

yún lǐ hè rì zhōng wū lái bīn yàn xù bàng
云里鹤⑪，日中乌⑫。来宾雁序⑬，傍
mǔ jī chú yè yuè qín sān nòng chūn fēng jiǔ yì hú
母鸡雏⑭。夜月琴三弄⑮，春风酒一壶⑯。
jú zhǎn dài shuāng chéng suì yù hé pán fān lù xiè míng zhū
菊盏带霜盛碎玉⑰，荷盘翻露泻明珠⑱。
guān wài shù chén liǎng bìn jīng shuāng jī yuǎn sài jiāng gān yú
关外戍臣，两鬓经霜羁远塞⑲；江干渔
fǔ yì suō yān yǔ diào píng hú
父，一蓑烟雨钓平湖⑳。

注解

⑪ **云里鹤**　比喻远离尘世、隐居不仕的人。[元]长筌子《二郎神·叹平生》诗云："彼岸风光真快乐，伴孤云野鹤飘荡。"

⑫ **日中乌**　在我国古代神话传说里，太阳中有三足乌，又称"踆乌""金乌"。（见《淮南子·精神训》）

⑬ **来宾雁序**　《礼记·月令》："季秋之月……鸿雁来宾（来南方作宾）。"鸿雁是候鸟，每年秋分后飞往南方越冬，次年春分后北返繁殖。人们把八月雁赴南方越冬视为作宾，把雁返北方繁殖视为回家。

⑭ **傍母鸡雏**　母鸡护小鸡。[宋]方逢辰《鸡雏吟》诗云："子向水中去，母从岸呼鸣。子往母亦往，子疏母愈亲。鹰隼飞在天，母亦与子惊。或遇狸与狌，爱雏忘其身，不顾力小大，直与争死生。天于微物上，感人恻隐心。人观鸡护雏，铁石为动情。"

⑮ **夜月琴三弄**　东晋桓伊，喜音乐，善吹笛，时称"江左第一"。官至江州刺史，四郡都督。一次，他驾车外出，黄门侍郎王徽之（字子猷）

请他奏笛。他不认识子猷，但久闻子猷的名望。于是下车，“踞胡床，奏三调。弄毕，上车而去”。显示了桓伊既有礼貌，又不巴结权贵的姿态。（见《晋书·桓伊传》）

⑯ **春风酒一壶**　这是宋朝黄庭坚《寄黄几复》中“桃李春风一杯酒”诗句的化用。

⑰ **菊盏带霜盛碎玉**　菊盏：指如杯如盘的菊花朵。碎玉：指凋落的菊花瓣。这句话是说，霜后的菊花朵像菊杯里盛着一杯碎花瓣。

⑱ **荷盘翻露泻明珠**　荷盘：指荷叶。这句话是说，露珠压翻荷叶，像颗颗珍珠滚落下来。

⑲ **关外戍臣，两鬓经霜羁远塞**　谪贬到关外的朝臣，到老也只能羁留在遥远的边塞。戍臣：受到谪贬的朝臣。羁：留在外地。

⑳ **江干渔父，一蓑烟雨钓平湖**　渔父披着蓑衣在雨雾弥漫的江边钓鱼。江干：江边。［宋］陆游《鹊桥仙》词云：“一竿风月，一蓑烟雨，家在钓台西住。”

霜江独钓图（近代·林琴南）

yún mǔ shí　shuǐ jīng zhū　lù jì huái jú　shǐ dān fú pú　ér tóng qí zhú mǎ　lǚ kè yì chún lú　yì shuǐ jìn hán fēi gé dòng　bǎi huā bàn yìng gǔ chá kū　shù yǐn qū cháo　yù sǔn bān zhōng míng luán pèi　qún jiāo xiù gé　shí liú huā xià dòu chū pú

云母石㉑，水晶珠㉒。陆绩怀橘㉓，史丹伏蒲㉔。儿童骑竹马㉕，旅客忆莼鲈㉖。一水尽含飞阁动㉗，百花半映古槎枯㉘。庶尹趋朝，玉笋班中鸣鸾佩㉙；群娇绣阁，石榴花下斗樗蒲㉚。

注解

㉑ **云母石**　铝硅酸盐类矿物，有白色、黑色、金黄色等多种，系从花岗岩和伟晶岩中采得。医学上称它能镇静止血。

㉒ **水晶珠**　水晶宝石。由火山熔岩迅速冷却后形成的一种天然玻璃，叫“黑曜石”。佛教称它能辟邪镇宅。

㉓ **陆绩怀橘**　三国吴郁林太守陆绩，通天文、历算。六岁时到袁术家做客，袁术拿出橘子给他吃，绩偷装三枚于怀中。拜别时，橘子掉落地上，袁术说：“你来做客，还偷装橘子？”陆绩下跪说：“我想拿回去给母亲吃。”袁术听了，更加器重陆绩。后以“怀橘”为孝亲之典。（见《三国志·吴志·陆绩传》）

㉔ **史丹伏蒲**　汉元帝病势渐重，整天陪着他的傅昭仪及其子定陶王刘康，一再诉求，使元帝起了废掉太子刘骜，另立刘康为太子的念头。元帝亲近之臣史丹趁元帝独寝时，直入卧室，伏青蒲上流泪谏阻，劝元帝不要废掉有民望的太子。元帝纳谏，仍由刘骜继位，是为成帝。（见《汉书·史丹列传》）

㉕ **儿童骑竹马** ［南朝宋］刘义庆《世说新语·品藻》云："桓公（桓温）语诸人曰：'少时与渊源（殷渊源）共骑竹马。'"［唐］白居易《喜入新年自咏》诗云："大历年中骑竹马，几人得见会昌春。"

㉖ **旅客忆莼鲈** 莼鲈：莼菜与鲈鱼。晋朝张翰，字季鹰，今江苏吴县人。纵任不拘，时人号为"江东步兵"。西晋齐王司马冏征召张翰并授予大司马东曹掾。当时天下纷乱，祸难不断。张翰对时势不感兴趣，推称思念家乡莼菜鲈鱼美味，回归故里，经圃钓鱼。（见《晋书·张翰传》）后人以莼菜鲈鱼的典故表达思乡之情的作品很多。唐代崔颢《维扬送友还苏州》诗云："渚畔鲈鱼舟上钓，羡君归老向东吴。"南宋陆游《芒屦》诗云："清秋故不远，回首忆莼羹。"

㉗ **一水尽含飞阁动** 映入水中的飞阁在晃动。飞阁：很高的阁楼。这是李白《游水西简郑明府》中"绿水绕飞阁"诗句的化用。

㉘ **百花半映古槎枯** 掩映花中的古槎渐干枯。古槎：古旧的木筏。［宋］董嗣杲《题大赛山中人家》诗云："古木枯如博望槎。"

㉙ **庶尹趋朝，玉笋班中鸣鸾佩** 参朝百官，列班入朝鸾鸣佩响。这是唐朝韩愈《石鼓歌》中"大开明堂受朝贺，诸侯剑佩鸣相磨"诗意的化用。庶尹：百官之长。玉笋班：唐末称风貌秀异有才华的朝士为玉笋，与其同列者称为玉笋班。鸾佩：雕有鸾鸟的玉佩。

㉚ **群娇绣阁，石榴花下斗樗蒲** 貌美闺秀，石榴树下玩博戏。这是唐朝李群玉《湘妃庙》中"相约杏花坛上去，画栏红紫斗樗蒲"诗意的化用。樗蒲：古代一种赌博游戏。投掷五颗异色骰子，类似今日的掷骰子。因骰子最初是用樗木制成，故称樗蒲。

八齐

jīn lǐ yuè　yù cōng sī　cháo yáng dān fèng　bào
金鲤跃[①]，玉骢嘶[②]，朝阳丹凤[③]，报
xiǎo huáng jī　yè yuè wū máng huàn　chūn fēng yīng luàn tí
晓黄鸡[④]。夜月乌忙唤[⑤]，春风莺乱啼[⑥]。
yuán zhōng xīn sǔn bàn chéng zhú　lù shàng luò huā jìn diǎn ní
园中新笋半成竹[⑦]，路上落花尽点泥[⑧]。
mán liǔ mián dī　xiǎo ruò yāo zhī zāo yǔ kǔ　hǎi táng shuì qǐ
蛮柳眠低，小弱腰肢遭雨苦[⑨]；海棠睡起，
bàn jiāo tǐ tài bèi chūn mí
半娇体态被春迷[⑩]。

注解

① **金鲤跃**　[宋]岳珂《宫词》诗云："御纲红丝跃金鲤，龙韬更待钓璜师。"

② **玉骢嘶**　[宋]方岳《别群玉同舍》诗云："册府敲茶玄鹤舞，军门草檄玉骢（骏马）嘶。"

③ **朝阳丹凤**　典出《诗经·大雅·卷阿》中"凤凰鸣矣，于彼高岗。梧桐生矣，于彼朝阳"。传说"丹凤朝阳"是由凤凰向着一轮红日鸣叫组成，喻为稀有的吉兆。暗喻凤凰为贤才，朝阳为盛世，即盛世出贤才。

④ **报晓黄鸡**　典出白居易的《醉歌》中"黄鸡催晓丑时鸣，白日催年酉前没"。喻指黄鸡能报晓，日月催人老。

⑤ **夜月乌忙唤**　月亮西沉，天将明亮，栖在树上的乌鸦则乱叫，准备

飞迁。[唐]张继《枫桥夜泊》诗云："月落乌啼霜满天，江枫渔火对愁眠。"

⑥ **春风莺乱啼**　春天过半，黄莺乱啼。[唐]柳宗元《柳州二月榕叶落尽偶题》诗云："山城过雨百花尽，榕叶满庭莺乱啼。"

⑦ **园中新笋半成竹**　这是宋朝黄庭坚《寄季张》中"园中看笋已成竹"诗句的化用。

⑧ **路上落花尽点泥**　路上落花被行人践踏化作泥。这是宋朝陆游《卜算子·咏梅》中"零落成泥碾作尘，只有香如故"词意的化用。

⑨ **蛮柳眠低，小弱腰肢遭雨苦**　此处是把小蛮腰拟人化为细柳条。眠低：像低头睡眠一样。这是唐朝张谓《郡南亭子宴》中"柳枝经雨重"诗句的化用。唐朝诗人白居易是一位风流才子，家中有众多侍女，比较出众的有两位，一个是有性感红唇的怀素，一个是腰肢纤细的小蛮。白居易有诗夸赞她们："樱桃怀素口，杨柳小蛮腰。"（见[唐]孟棨《本事诗·事感》）

⑩ **海棠睡起，半娇体态被春迷**　海棠：是唐玄宗对杨贵妃的爱称。《太真外传》载：唐明皇李隆基在沉香亭召见杨贵妃。杨贵妃初睡起，宿醉未醒（隔夜酒劲还未消退），淡妆应召，也不下拜。明皇笑曰："岂醉（哪是醉了）？海棠春睡未足耶！"

qiāo pāi bǎn chàng tóng dī fù míng yīng wǔ shī
敲拍板[11]，唱铜鞮[12]。赋名鹦鹉[13]，诗

yǒng fú yī xiá yuán tí yè yuè cháo niǎo lüè chūn ní
咏凫鹥[14]。峡猿啼夜月[15]，巢鸟掠春泥[16]。

hé fù xǐ dé zhuāng zhōu huó liáng mǎ xīn féng bó lè sī
涸鲋喜得庄周活[17]，良马欣逢伯乐嘶[18]。

yān suǒ xī tóu píng shù lǜ yáng fú fěi cuì yuè chén hǎi dǐ
烟锁溪头，平树绿杨浮翡翠[19]；月沉海底，

yì hóng qīng shuǐ yìng bō lí
一泓清水映玻璃[20]。

注解

⑪ **敲拍板**　拍板：中国传统碰奏体鸣乐器的一种，也叫鼓板。用坚木数片，以绳串联，用以击节。

⑫ **唱铜鞮**　铜鞮：乐府清商曲名。［唐］李白《襄阳歌》云："襄阳小儿齐拍手，拦街争唱白铜鞮。旁人借问笑何事，笑煞山翁（指山简）醉似泥。"

⑬ **赋名鹦鹉**　《鹦鹉赋》是东汉末年名士祢衡所作的辞赋。后来，江夏太守黄祖看到这篇才华横溢、锋芒毕露的《鹦鹉赋》，怕祢衡以后得志对自己不利，于是借故把年仅26岁的祢衡杀害。历朝历代众多的文人墨客都曾驻足鹦鹉洲，或游玩或凭吊祢衡，留下了许许多多吟咏鹦鹉洲或凭吊祢衡的诗文。（见《后汉书·祢衡传》）

⑭ **诗咏凫鹥**　《凫鹥》是《诗经·大雅》中的一首古诗。凫鹥：两种水鸟，凫是野鸭，鹥是鸥鸟。孔颖达注疏云："《凫鹥》诗者，言保守成功不使失坠也。致太平之君子成王，能执持其盈满，守掌其成功，则神祇祖考皆安宁而爱乐之矣。故作此诗以歌其事也。"

⑮ **峡猿啼夜月** 这是明朝蔡汝楠《赴蜀初发明斋南石诸君相送溪上》中“秋雾尚看乡月近，风鸣已忆峡猿啼”诗句的化用。

⑯ **巢鸟掠春泥** 这是唐代白居易《钱塘湖春行》中“谁家新燕啄春泥”诗句的化用。巢鸟：筑巢的鸟。

⑰ **涸鲋喜得庄周活** 战国时的庄周驾车外出，车辙的水坑中有条鲫鱼求他用升斗之水救它的命。庄周说：“我到南方去，说动吴王和越王，请他们引西江之水来救你。”鲫鱼气愤地说：“你给我升斗之水我就能活下来！你竟说出这种缓不济急的话……你干脆去干鱼店找我吧！”（见《庄子·外物》）

天都猿啸（近代·程璋）

⑱ **良马欣逢伯乐嘶** 春秋末期，善驭马识马的伯乐，路过虞坂地方时，见一匹拉着盐车爬坡的老千里马累得倒在地上，伯乐哭着抚摸它，并把自己的衣裳盖在马身上。千里马“俯而喷，仰而鸣，声达于天”，感谢伯乐对它的同情和理解。（见《战国策·楚策四》）

⑲ **烟锁溪头，平树绿杨浮翡翠** 烟雾笼罩的沿河绿柳像飘浮在空中的翡翠。烟锁：烟雾笼罩。溪头：河边。

⑳ **月沉海底，一泓清水映玻璃** 映入大海的月亮照得水面像玻璃一样光亮。泓：量词，指清水一道或一片。

tí fěn bì fù dān tī sāng má jiē rǎng táo lǐ
题粉壁㉑，附丹梯㉒。桑麻接壤㉓，桃李
chéng xī yú jiā shōu mù wǎng jūn lěi dòng xiāo pí
成蹊㉔。渔家收暮网㉕，军垒动宵鼙㉖。
yì ǒu yáng zǐ guī wā shì sān xiào yuān míng guò hǔ xī
一呕扬子归蛙室㉗，三笑渊明过虎溪㉘。
suì mèng yōu yáng luàn zhú luò huā fēi shàng xià xián hún piāo bó
碎梦悠扬，乱逐落花飞上下；闲魂飘泊，
zhí suí liú shuǐ rào dōng xī
直随流水绕东西㉙。

注解

㉑ **题粉壁** 在白墙上题诗词。宋代诗人释道济《题灵隐寺西堂粉壁》诗云："小小庵儿小小窗，小小房儿小小床。出入小童并小行（修道人的谦称），小心伏事小西堂。"

㉒ **附丹梯** 附：依附。丹梯：红色的台阶。比喻仕进之路。［南朝宋］谢灵运《拟魏太子邺中集诗·阮瑀》诗云："躧步陵（快步升高）丹梯，并坐侍君子。"

㉓ **桑麻接壤** 接壤：农田连接。这是唐代李频《送姚郜先辈赴汝州辟》中"桑麻接楚田"诗句的化用。

㉔ **桃李成蹊** 桃树李子树，因其花实佳美，人们争来观赏，树下自然被踏出小路。司马迁引用古谚"桃李不言，下自成蹊"称赞西汉名将李广。（见《史记·李将军列传》）

㉕ **渔家收暮网** 这是宋朝朱浚《句》中"渔网才收月满船"诗句的化用。

㉖ **军垒动宵鼙** 军营敲鼓报时。鼙：古代军中的一种小鼓。

㉗ **一呕扬子归蛙室** 西汉扬雄先祖扬季曾任庐江太守，为躲仇人，迁居岷山郫县，成为普通平民，“有田一廛（百亩之地），有室一区（一所宅院），世世以农桑为业”。（见《汉书·扬雄传》）

㉘ **三笑渊明过虎溪** 虎溪：小河名，在庐山东林寺前。相传晋僧慧远居东林寺时，送客不过溪。一日儒士陶渊明和道士陆修静来访慧远，品茶畅谈甚契。相送时不觉过溪，引起虎溪桥头石虎号鸣，三人大笑而别。李白在《别东林寺僧》一诗中写道：“东林送客处，月出白猿啼。笑别庐山远，何烦过虎溪。”宋代石恪亦曾绘《虎溪三笑图》。但南宋楼钥《跋东坡〈三笑图赞〉》说，道士陆修静于南朝刘宋元嘉末年始来庐山，距慧远之亡已三十余年，距渊明之亡亦二十余年，故三人不可能聚会一起。后人杜撰“虎溪三笑”故事，是祝愿儒、释、道三教和谐相处。

㉙ **碎梦悠扬，乱逐落花飞上下；闲魂飘泊，直随流水绕东西** 梦中琐事缠绕，飘忽不定，像风吹落花一样飞上飞下；闲情悠然无虑，漫游四方，像大河流水一样绕东绕西。

虎溪三笑（清·钱书城）

九佳

méng bái dié guǒ qīng xié léi hōng tiān dì fēng
蒙白氎①，裹青鞋②。雷轰天地③，风
sǎo wù mái pú táo lái hàn yuàn míng jiá shēng yáo jiē
扫雾霾④。葡萄来汉苑⑤，蓂荚生尧阶⑥。
hán chóu bān nǚ tí wán shàn xíng lè wáng wéi fù lù chái
含愁班女题纨扇⑦，行乐王维赴鹿柴⑧。
dì lǐ fán huá xiàng mǎn yīng huā tiān jǐn lù xiān jiā jìng jì
帝里繁华，巷满莺花添锦路⑨；仙家静寂，
yún chuān qiú shù suǒ dān yá
云穿虬树锁丹崖⑩。

注解

① **蒙白氎** 蒙白巾。氎：细密的棉布。［唐］杜甫《大云寺赞公房》诗云："细软青丝履，光明白氎巾。"

② **裹青鞋** 穿草鞋。青鞋：草鞋。鞋：同"鞋"。［宋］曾几《发宜兴》诗云："从今布袜青鞋（隐士装束）梦，不到张公即善权（指张公洞、善卷洞两处游览胜迹。诗因避南朝齐东昏侯萧宝卷讳，改'卷'为'权'）。"

③ **雷轰天地** 雷轰天地抖。［唐］顾云《天威行》诗云："轰轰砢砢雷车转，霹雳一声天地战（发抖）。"

④ **风扫雾霾** 风吹雾霾散。雾霾是雾和霾的混合物，早晚湿度大时，雾的成分多。白天湿度小时，霾占据主力。

⑤ **葡萄来汉苑** 中国栽培葡萄已有2000多年历史。相传，西汉时期

张骞出使西域（今新疆和中亚地区）促进了汉夷之间的第一次文化交融。此后，西域的核桃、葡萄、石榴、蚕豆、苜蓿等十几种植物，逐渐在中原栽培。（见《汉书·张骞传》）

⑥ **蓂荚生尧阶** 蓂荚：一种祥瑞草的果实。［汉］班固《白虎通·符瑞》云：蓂草生长在帝王宫室出入的台阶两旁。蓂荚果每月初一开始生，一日生一个，十五天生完；从十六日开始，一天落一个，到三十日落完。传说古帝唐尧时代就是按蓂荚果生、落的时间计算日月的。

⑦ **含愁班女题纨扇** 纨扇：亦作“团扇”。西汉女文学家班婕妤，是班固的祖姑，幼有才学，极善诗歌。汉成帝时被选入宫，初为少使，后封为婕妤。后来赵飞燕得宠，班婕妤退于长信宫侍候王皇太后。传说，班婕妤失宠后，心忧郁郁，遂作《怨歌行》（一名《团扇歌》）一篇。

⑧ **行乐王维赴鹿柴** 鹿柴：唐代诗人兼画家王维所建辋川园林中的隐居游乐处所。王维常与友人行乐其间。（见［唐］张彦远《历代名画记》）柴，本应读 zhài，但在此处用作平声韵脚，诵读时仍可读为柴 chái。

⑨ **帝里繁华，巷满莺花添锦路** 这是宋朝严仁《贺新郎·说到城南杜》中“帝里春浓花似海”诗句的化用。帝里：京都。莺花：泛指莺啼花开的春日景色。

⑩ **仙家静寂，云穿虬树锁丹崖** 这是宋朝傲陶孙《冲虚观》中“青筇（指青筇手杖）相伴到仙坛，身寄虚无缥缈间。景物迥殊人世界，烟霞深锁道家山”诗意的化用。

wū xī dài bái yù chāi jīn zhāng pú shòu bù
乌犀带⑪，白玉钗⑫。金章璞绶⑬，布
wà máng xié guì huā piāo hù yǒu liǔ yǐng shàng tíng jiē
袜芒鞋⑭。桂花飘户牖⑮，柳影上庭阶⑯。
huā jiǔ yì yuán gōng yàn lè yún shān qiān lǐ chēng yín huái
花酒一园供宴乐⑰，云山千里称吟怀⑱。
yuè dào tiān xīn yuǎn jìn lóu tái jūn zhào yào xuě duī shān dǐng
月到天心，远近楼台均照耀⑲；雪堆山顶，
gāo dī xī lù jìn zhuāng mái
高低蹊路尽庄埋⑳。

注解

⑪ **乌犀带** 亦称“犀角带”。古代朝廷高官官服上饰有犀牛角的腰带。唐宪宗元和年间（806—820），淮西贼乱，宰相裴度誓死平乱，宪宗感动，赐裴度以犀角带，令他进讨淮西。（见《新唐书·裴度传》）

⑫ **白玉钗** ［唐］曹邺《代班姬》诗云：“常嫌鬓蝉（古代妇女的一种发式，两鬓薄如蝉翼）重，乞人白玉钗（白玉制的女子头饰）。”

⑬ **金章璞绶** 犹“紫绶金章”，紫色印绶和金质印章，古朝中高官佩用。［明］陆采《明珠记·访侠》云：“正是不贪紫绶金章贵，留得苍颜白发身。”

⑭ **布袜芒鞋** ［明］唐寅《和石田先生落花诗》云：“芒鞋布袜罢（完毕）春游，粉蝶黄蜂各自愁。”

⑮ **桂花飘户牖** 这是唐代李白《将游衡岳过汉阳双松亭留别族弟浮屠谈皓》中“凉花（秋花）拂户牖（门窗）”诗句的化用。

⑯ **柳影上庭阶** 这是唐朝李世民《赋得弱柳鸣秋蝉》中“散影玉阶柳，含翠隐鸣蝉”诗句的化用。

⑰ **花酒一园供宴乐** 花酒：旧时由妓女陪着饮酒作乐叫“吃花酒”。

⑱ **云山千里称吟怀** 面对千里似山的天上白云吟诗抒怀。吟怀：作诗的情怀。

⑲ **月到天心，远近楼台均照耀** 月亮升到天空中央，地上远近的楼台都能照耀到。天心：天空中央，天顶。

⑳ **雪堆山顶，高低蹊路尽庄埋** 山顶上都堆满了雪，高处低处所有的路都会被厚雪覆盖。庄埋：像被大雪妆饰的一样覆盖着。庄，通“妆”。

月夜赏桂图（徐菊庵）

yún zhú jǐn　shuǐ sōng pái　chá chōu bèi lěi　jiǔ shú máo chái　yīng suō suí liǔ zhī　yàn zì dié yún pái

云竹锦㉑，水松牌㉒。茶抽蓓蕾㉓，酒熟茅柴㉔。莺梭随柳织㉕，雁字叠云排㉖。

xiù lǐ fēng guāng xún zhú jìng　jīn qián yǔ yì zhào lán jiē　fēng guā cháng tú　juǎn qǐ fāng chén mí dào lù　xuě róng wū xiá　tiān lái xīn shuǐ mǎn jiāng huái

袖里风光循竹径，襟前雨意罩兰阶㉗。风刮长途，卷起芳尘迷道路㉘；雪融巫峡，添来新水满江淮㉙。

注解

㉑ **云竹锦**　指竹纤维纺织品。

㉒ **水松牌**　指用来题写字画的水松木牌。对一事一物或一书一画，为留纪念而写上字。[唐]冯贽《云仙杂记·水松牌》云："李白游慈恩寺，寺僧用水松牌，刷以吴胶粉，捧乞新诗。"

㉓ **茶抽蓓蕾**　指蓓蕾茶。蓓蕾：含苞待放的花。[唐]卢仝《走笔谢孟谏议寄新茶》云："仁风暗结珠琲瓃（蓓蕾），先春抽出黄金芽。"

㉔ **酒熟茅柴**　指茅柴酒，劣质酒。[明]冯时化《酒史·酒品》云："恶酒曰茅柴。"

㉕ **莺梭随柳织**　这是元代张养浩《遂闲堂独坐自和》中"柳岸莺梭巧织蓝"诗句的化用。莺梭：黄莺在柳树间飞来飞去如穿梭。

㉖ **雁字叠云排**　这是宋朝徐集孙《渡湖》中"雁字纵横写碧天"诗句的化用。雁字：群雁飞行时常排成"一"或"人"字，故称。

㉗ **袖里风光循竹径，襟前雨意罩兰阶**　这两句是写男女欢会的，是宋

朝袁去华《浣溪沙》词中“一夕高唐梦里狂，云情雨意两茫茫。袖间依约去年香”词意的化用。“袖里风光”是暗中景色。“襟前雨意”是云情雨意的化用。竹径、兰阶皆为幽会处。

㉘ **风刮长途，卷起芳尘迷道路**　长途刮风，卷起的尘土弥漫道路。

㉙ **雪融巫峡，添来新水满江淮**　巫峡雪化，新增的雪水涨满江淮。江淮：长江、淮河。

柳堤闻莺（葛俊）

十灰

xún wǔ yuè　wàng sān tái　lǜ chéng shì sǒu　hóng yè wéi méi　hán shēn yín sù qǐ　zuì zhòng yù shān tuí

巡五岳①，望三台②。绿橙是叟③，红叶为媒④。寒深银粟起⑤，醉重玉山颓⑥。

shù miǎo fēng tíng shēng wèi xī　huā shāo yuè shàng yǐng chéng duī

树杪风停声未息⑦，花梢月上影成堆⑧。

lí xià jú kāi　táo lìng duì huā shí yí zuì　tíng qián zǎo shú　dù líng shàng shù rì qiān huí

篱下菊开，陶令对花时一醉⑨；庭前枣熟，杜陵上树日千回⑩。

注解

① **巡五岳**　五岳：即东岳泰山、西岳华山、南岳衡山、北岳恒山、中岳嵩山。神话传说，后汉温琼，英毅勇猛，受玉帝敕旨封为亢金大神，有事即可出入天门朝奏；又奉帝旨令下五岳，为岳府猛将，众神之宗，岳班之首。温琼大神上能朝拜金阙，下可巡察五岳，乡民既敬且畏。（见《三教源流搜神大全》）

② **望三台**　三台：指古代供天子登高眺望的三种台阁。[汉]许慎《五经异义》云：“天子有三台：灵台以观天文；时台以观四时施化；囿台以观鸟兽鱼鳖。”

③ **绿橙是叟**　叟：指月下老人，即媒神。

④ **红叶为媒**　旧时，居于深宫的御妃婢女，常题诗于红叶之上，借御沟向外寄情思。唐僖宗时，于佑在御沟拾一红叶，上题诗句曰：“流水何太

急，深宫尽日闲。殷勤谢红叶，好去到人间。”于佑亦题诗于其上云：“曾闻叶上题红怨，叶上题诗寄阿谁？”将红叶置于上流，流入宫内，为宫女韩氏所得，韩亦题诗云：“一联佳句随流水，十载幽思满素怀。今日却成鸾凤友，方知红叶是良媒。”后二人结为夫妇。（见宋代传奇小说《流红记》）

⑤ **寒深银粟起** 银粟：皮肤因受冷生出的白色小疙瘩。［明］屠隆《彩毫记·渔阳鼙鼓》诗云：“风露瑶台，莫管肌生银粟。”

⑥ **醉重玉山颓** 玉山颓：玉山指人的头部，醉倒称为玉山颓。［唐］白居易《蓝田刘明府携酎相过与皇甫郎中卯时同饮醉后》诗云：“玄晏（晋皇甫谧自号玄晏先生，后泛指高人雅士）舞狂乌帽落，蓝田醉倒玉山颓。”

⑦ **树杪风停声未息** 风吹树木，造成树枝树叶的振动。风虽停，树梢振动未止，所以仍有声音。树杪：树枝的细梢。

⑧ **花梢月上影成堆** 这是宋代李清照《浣溪沙·闺情》中“月移花影约重来”和宋代周邦彦《浣溪沙》中“又移日影上花梢”的化用。

⑨ **篱下菊开，陶令对花时一醉** 陶渊明曾为彭泽令，后归乡隐居，过清贫安闲的生活。他生性好酒而不能常得。九月九日重阳节是饮菊花酒的佳节，渊明无酒，无聊中便到宅边东篱下菊丛中摘一大把菊花，坐于其侧凝思。未几，受江州刺史王弘指使的白衣差役送来了美酒，陶渊明就地畅饮，醉而归。（见［南朝宋］檀道鸾《续晋阳秋》）

⑩ **庭前枣熟，杜陵上树日千回** 杜陵：杜甫自称“杜陵野老”。杜甫《百忧集行》诗云：“忆年十五心尚孩，健如黄犊走复来。庭前八月梨枣熟，一日上树能千回。”

péi wǎn jú　tàn hán méi　chū qiáng hóng xìng　jiā
培晚菊[11]，探寒梅[12]。出墙红杏[13]，夹
dào lǜ huái　zhū chén lián qī dǎng　liú ruǎn dào tiān tái
道绿槐[14]。朱陈联戚党[15]，刘阮到天台[16]。
jiě dòng nuǎn fēng yī bìng cǎo　jí shí gān yǔ rùn kū gāi
解冻暖风医病草[17]，及时甘雨润枯荄[18]。
fēng cǎi cài huā jiǎo dài huáng jīn fēi bù qǐ　què zhēng méi ruǐ
蜂采菜花，脚带黄金飞不起[19]；雀争梅蕊，
kǒu xián bái yù jiào nán kāi
口衔白玉叫难开[20]。

注解

⑪ **培晚菊**　晚菊：晚秋的菊花。[宋]陆游《晚菊》诗云："蒲柳如懦夫，望秋已凋黄。菊花如志士，过时有余香。"

⑫ **探寒梅**　寒梅：冬梅。因其凌寒开放，故称。[唐]王维《杂诗》云："君自故乡来，应知故乡事。来日倚窗前，寒梅着花未？"

⑬ **出墙红杏**　语出宋朝诗人叶绍翁《游园不值》："春色满园关不住，一枝红杏出墙来。"

⑭ **夹道绿槐**　语出宋朝诗人周必大《入直》："绿槐夹道集昏鸦，敕使传宣坐赐茶。"

⑮ **朱陈联戚党**　同村朱陈两姓世世代代结姻亲。唐代诗人白居易写了一首《朱陈村》诗，说徐州古丰县有一个只有朱陈两姓人家的村庄，"家家守村业，头白不出门。生为村之民，死为村之尘。一村唯两姓，世世为婚姻"。

⑯ **刘阮到天台**　神话传说，东汉永平年间，浙江剡县（今嵊县）人刘晨、

阮肇到天台山采药迷路，遇到两个仙女，被仙女邀至家中成亲。半年后回家，子孙已过七代。后重入天台山访女，踪迹渺然。（见《幽冥录》《太平广记·卷六十一》）

⑰ **解冻暖风医病草** 病草：干枯的野草。冬天冻枯的野草，春风送暖又茂盛起来。［唐］白居易《赋得古原草送别》诗云：“离离原上草，一岁一枯荣。野火烧不尽，春风吹又生。”

⑱ **及时甘雨润枯荄** 枯荄：干枯的草根。冬天干枯的草根，在甘雨滋润下又兴旺起来。［明］刘基《春雨》诗云：“春雨和风细细来，园林取次发枯荄。”

⑲ **蜂采菜花，脚带黄金飞不起** 蜂采菜花，黄金似的花粉粘在脚上使得它飞不起来。

⑳ **雀争梅蕊，口衔白玉叫难开** 雀啄梅蕊，白玉似的花瓣衔在嘴里使得它叫不出声。

红杏满园（近代·吴树本）

zāi wǔ liǔ zhí sān huái xián guǒ qīng ruò kě
栽五柳[21]，植三槐[22]。咸裹青箬[23]，渴
wàng lǜ méi jī chéng láo duō cuì shī jiù zuò qiāo tuī
望绿梅[24]。畚成劳咄啐[25]，诗就作敲推[26]。
zhuō yuè sāo rén líng bō làng chéng yún xiān zǐ shàng péng lái
捉月骚人凌波浪[27]，乘云仙子上蓬莱[28]。
dēng diǎn mù yóu hóng rì guāng zhōng xiāo dòng xuě gōng tán
灯点木油，红日光中消冻雪[29]；弓弹
mián xù bái yún duī lǐ xiǎng qíng léi
棉絮，白云堆里响晴雷[30]。

注解

㉑ **栽五柳** 东晋诗人陶渊明，字元亮，号五柳先生。曾任彭泽县令，后隐姓埋名，辞官隐居。他写的《五柳先生传》，说自家“宅边有五棵柳树，因以为号”。

㉒ **植三槐** 北宋晋国公王祜（一作“祐”），是源出琅琊、世居六朝都城开封的“三槐王氏”之祖。宋太祖赵匡胤时，拜知制诰，因以全家百口保魏州刺史符彦卿无罪而遭贬黜。世人赞其“多阴德”。他手植三槐于庭，说：“吾子孙后世，必有为三公者。”后来，他的儿子王旦果然中了进士，做了宰相。（见［宋］苏轼《三槐堂铭》）

㉓ **咸裹青箬** 此是“青箬裹盐”的化用。意思是口味淡了，就想到包盐用的青箬。咸：指咸盐。青箬：一种竹子。箬竹叶大质薄，常用以裹物。［唐］柳宗元《柳州峒氓》诗云：“青箬裹盐归峒客，绿荷包饭趁虚人（赶集的人。虚，通‘墟’，指乡村集市）。”

㉔ **渴望绿梅** 此是“望梅止渴”的化用。魏武帝曹操行军途中，失去

水源，将士口渴难忍。曹操谎称："前有大梅林，饶子（梅子很多），甘酸，可以解渴。"将士一听，口皆出水，快步赶路，到了前面有水源的地方。（见《世说新语·假谲》）

㉕ **齑成劳咄啐** 齑：切碎腌白菜韭菜等。咄啐：犹"咄嗟"，形容时间短，马上就能办到。晋朝巨富石崇，为来客做豆粥配咸菜，"咄嗟便办（马上就成）"。原来他是让厨子先把豆煮熟，把腌好的韭菜白菜切碎，客来时，只做白粥，把煮好的豆投进锅里就行了。（见《晋书·石崇传》）

㉖ **诗就作敲推** 唐代诗人贾岛进京参加科举考试，在驴背上想出两句诗："鸟宿池边树，僧敲月下门。"起初想用"推"字，又觉"敲"字较好，并聚精会神地不断做"推"和"敲"的手势斟酌，拿不定主意。到京后，请教京兆尹韩愈，韩愈说："作'敲'字佳矣。"后人因以"推敲"作为斟酌、研究问题的代称。（见《刘公嘉话》）

㉗ **捉月骚人凌波浪** 传说唐代诗人李白在当涂采石矶，因醉酒泛舟江中，俯首看到江中月影，大声呼叫："捉住它！捉住它！"纵身跳入水中，被溺死。后人于采石矶建有"捉月台"。但宋代洪迈据唐李阳冰所作《太白草堂集序》和李华所写《李白墓志》，记述李白临终时事，认为"捉月"之说不足信。

㉘ **乘云仙子上蓬莱** ［元］马钰《踏云行》云："拨散浮云，宁留薄雾。蓬莱仙子时时遇。"

㉙ **灯点木油，红日光中消冻雪** 用白蜡点灯，蜡油逐渐被火焰熔化，好似太阳出来，冻雪消融。木油：主要指用纯天然植物树脂、矿物颜料炼制的蜡油，可点灯用。红日光：比喻蜡烛燃烧时的火焰。冻雪：比喻接近固态的白蜡油。

㉚ **弓弹棉絮，白云堆里响晴雷** 用吊弓弹棉花，像白云堆里响晴雷。棉絮：原文作"绵絮"。白云堆：像白云一样的棉花堆。晴雷：晴天响雷。

十一 真

wú mèng zǐ　chǔ chūn shēn　chūn fēng tài dù　qiū
吴孟子[①]，楚春申[②]。春风态度[③]，秋

shuǐ jīng shén　chuāng mù lǒng shā zhǐ　lú tóu dào gé jīn
水精神[④]。窗目笼纱纸[⑤]，炉头倒葛巾[⑥]。

wú zhá duō qíng céng guà jiàn　zhāng gāng yǒu zhì dú mái lún
吴札多情曾挂剑[⑦]，张纲有志独埋轮[⑧]。

gōng zǐ zhāo gē　tán bǎn huǎn cuī jīn lǚ qū　wáng sūn yè yǐn
公子朝歌，檀板缓催金缕曲[⑨]；王孙夜饮，

sī tāo cháng xì yù hú chūn
丝绦长系玉壶春[⑩]。

注解

① **吴孟子**　指春秋时鲁昭公夫人。她是吴国人，本为姬姓，应称为“吴姬”，但由于鲁国也姓“姬”，周礼有“同姓不通婚”之规，故不称吴孟姬而称吴孟子。（见《论语·述而》《春秋·哀公十二年》）

② **楚春申**　即战国时期四大君子之一的楚国大夫黄歇。另外三君为：齐孟尝君田文、赵平原君赵胜和魏信陵君无忌。（见《史记·春申君列传》）

③ **春风态度**　春风和煦，吹面不寒。比喻对人态度和蔼可亲。［明］无名氏《四马投唐》第二折云：“既唐公不念前分仇，你放些个春风和气将他来待。”

④ **秋水精神**　比喻人的气质清朗。［唐］杜甫《徐卿二子歌》：“大儿九龄色清彻，秋水为神玉为骨。”［明］冯梦龙《喻世明言》：“思温睹这妇

人打扮，好似东京人。但见：轻盈体态，秋水精神。……未改宣和妆束，犹存帝里风流。”

⑤ **窗目笼纱纸** ［宋］吴泳《读黄子实诗卷》诗云：“夜深窗月净笼纱。”

⑥ **炉头倒葛巾** 陶渊明嗜酒，每逢酒熟时，他就取下头上的葛巾过滤酒，滤毕，仍把葛巾戴在头上。（见［南朝梁］萧统《陶渊明传》）

⑦ **吴札多情曾挂剑** 春秋时期，吴王寿梦少子季札封于延陵，号延陵季子。他出使路过徐国，徐国国君很爱他的剑。季札已心许，准备返回时再送给他。等到回来时，徐君已死，季札就把剑挂在徐君墓上，表示不能因徐君已死而违背自己许剑的心愿。（见《史记·吴太伯世家》）

⑧ **张纲有志独埋轮** 东汉侍御史张纲，在汉顺帝时，奉命与杜乔等七人分别赴州郡巡查地方官吏是否廉政。杜乔等七人皆已出行，唯有张纲将其出巡车轮埋于洛阳都亭，拒不出行。当时，大将军梁冀专权乱政，张纲说：“豺狼（指梁冀）当路，安问（何必追查）狐狸？”并上书弹劾梁冀。（见《史记·张纲传》）

⑨ **公子朝歌，檀板缓催金缕曲** 豪门子弟歌舞，檀板舒缓地伴着唱腔。公子：豪门子弟。檀板：拍板乐器。缓催：形容檀板舒缓地配合着唱腔。金缕：曲调。

⑩ **王孙夜饮，丝绦长系玉壶春** 贵族子弟夜饮，腰间用长丝带吊着好酒。王孙：贵族子弟。丝绦：丝带子。玉壶春：上色好酒。

jīn kǒng què yù xiáng lín huì gū zào wǎn dàn jué
金孔雀，玉祥麟⑪。蟪蛄噪晚⑫，鸣鸠

míng chūn bì qióng jīng yuàn fù cūn quǎn fèi xíng rén
鸣春⑬。壁蛩惊怨妇⑭，村犬吠行人⑮。

yú chàng yōu yōu qīng shuǐ chè qiáo gē yǎo yǎo bì tái xīn
渔唱悠悠清水澈⑯，樵歌杳杳碧苔新⑰。

qiū sè xiāo tiáo wàn shù diāo líng shān shòu xuē chūn qíng dàn
秋色萧条，万树凋零山瘦削⑱；春情淡

dàng bǎi huā zhuāng diǎn cǎo jīng shén
荡，百花妆点草精神⑲。

注解

⑪ **金孔雀，玉祥麟** 金丝孔雀，玉制麒麟。这是诗圣杜甫《丽人行》中“蹙金孔雀银麒麟”诗句的化用。

⑫ **蟪蛄噪晚** 蟪蛄：蝉的一种。这是唐代诗人王维《秋夜独坐怀内弟崔兴宗》中“夜静群动息，蟪蛄声悠悠”诗句的化用。

⑬ **鸣鸠鸣春** 鸣鸠：即杜鹃，也作“鹈鴂”，或作“鶗鴂”。鸣鸠鸣春：比喻叹息美好的春光将要归去。语出《离骚》“恐鹈鴂之先鸣兮，使夫百草为之不芳”。［宋］张先《千秋岁》词云：“数声鶗鴂，又报芳菲歇。惜春更把残红折。”

⑭ **壁蛩惊怨妇** 这是宋朝杜安世《浪淘沙》中“秋蛩永夜绕床鸣。展转寻思求好梦，还又难成”词意的化用。

⑮ **村犬吠行人** 这是宋朝舒岳祥《天门山》中“落日人行少，空村犬吠闻”诗句的化用。

⑯ **渔唱悠悠清水澈** ［唐］李颀《渔父歌》诗云：“白头何老人，钓鱼

清江（清澈的江水）滨。浦沙明濯足，行歌秋复春。”

⑰ **樵歌杳杳碧苔新** ［唐］王维《鹿柴》诗云：“空山不见人，但闻人语响（樵歌）。返景（云彩反射的阳光）入深林，复照青苔上。”

⑱ **秋色萧条，万树凋零山瘦削** 寒秋，万木枯朽，高山变得瘦小。

⑲ **春情淡荡，百花妆点草精神** 阳春，百花齐放，青草显得精神。

秋声赋（陈少梅）

jiāng jūn mào jìn shì jīn kǒng mén shí zhé yīn
将军帽[20]，进士巾[21]。孔门十哲[22]，殷
shì sān rén dú shū tàn shèng dào shì jiǔ lù tiān zhēn
室三仁[23]。读书探圣道[24]，嗜酒露天真[25]。
xì shuǐ yóu yú yíng guò kè gé huā tí niǎo huàn xíng rén luò
戏水游鱼萦过客，隔花啼鸟唤行人[26]。落
dì yáng huā luàn zhú dōng fēng suí mǎ zú xiān tiān táo làng
地杨花，乱逐东风随马足[27]；掀天桃浪，
huǎn chéng chūn yǔ huà lóng lín
缓乘春雨化龙鳞[28]。

注解

⑳ **将军帽** 西汉名将李广出猎，看见草丛里有块石头，以为是老虎，拔箭射中，箭头钻进石头。世人称李广为“射虎将军”。[宋]石孝友《渔家傲》词云：“射虎将军搴绣帽。”

㉑ **进士巾** 也叫“唐巾”。唐代帝王的一种便帽。后来士人多戴这种帽子。明时进士巾也叫“唐巾”。《元史·舆服志一》云：“唐巾，制如幞头，而撱其角，两角上曲作云头。”

㉒ **孔门十哲** 指的是孔子门下最优秀的十位学生。《论语·先进》载：“子曰：‘从我于陈蔡者，皆不及门也。德行：颜渊、闵子骞、冉伯牛、仲弓；言语：宰我、子贡；政事：冉有、子路；文学：子游、子夏。’”

㉓ **殷室三仁** 《论语·微子》云：“微子去之，箕子为之奴，比干谏而死。孔子曰：‘殷有三仁焉。’”微子是殷纣王的同母兄弟；箕子曾任殷代的太师，他和比干均是殷纣王的叔父。殷纣王“淫乱不止”，而殷的西方，周人势力发展，威胁着商朝。微子便去劝说纣王，纣不听，微子想到终有一

天会亡国，就离开了纣王，逃到民间隐居起来。比干说："做大臣的人，不能不冒死劝谏国君。"于是态度强硬地劝谏纣王。纣王发怒说："我听说圣人的心脏有七个孔穴。"便剖开比干的胸膛，取出他的心脏来观看。箕子害怕，便割发装疯，扮成奴隶，纣王还是把他关押了起来。

㉔ **读书探圣道** 曹魏任城王曹彰，少善射御，膂力过人，手格猛兽，不避险阻。数从征伐，志意慷慨。太祖曹操尝抑之曰："汝不念读书慕圣道，而好乘汗马击剑，此一夫之用，何足贵也！"（见《三国志·魏书·曹彰传》）

㉕ **嗜酒露天真** 宋朝梅尧臣《缙叔以诗遗酒次其韵》诗云："君尝谓我性嗜酒，又复谓我耽于诗……既以乐吾真，亦以泰吾身。"

㉖ **戏水游鱼萦过客，隔花啼鸟唤行人** 这是宋朝词人欧阳修《浣溪沙》中"当路游丝萦醉客，隔花啼鸟唤行人"两句的化用。

㉗ **落地杨花，乱逐东风随马足** 这是明朝沈周《杨花曲》中"江上杨花（指柳絮）撩乱飞，随郎马蹄点郎衣"诗句的化用。诗写远出郎君久无音信，愿杨花随郎马蹄绕天涯，"明年见花郎忆家"。

㉘ **掀天桃浪，缓乘春雨化龙麟** 桃浪：即"桃花浪"，亦作"桃花汛"。传说河津桃花浪起，江海之鱼集聚龙门下，跃过龙门的化为龙。［明］高明《琵琶记·才俊登程》云："乘桃浪，跃锦鳞，一声雷动过龙门。"

十二文

chá yǐ shú　jiǔ chū xūn　xī táng mèng cǎo　nán

茶已熟①，酒初醺②。西堂梦草③，南

jiàn cǎi qín　làn xiá chéng wǔ sè　ruì xuě jī sān fēn

涧采芹④。烂霞成五色⑤，瑞雪积三分⑥。

zǐ měi shī chéng néng qì guǐ　xiàng rú fù jiù zì chāo qún

子美诗成能泣鬼⑦，相如赋就自超群⑧。

tān zuì qīng lián　cǎi shí jī tóu lāo hào yuè　sī qīn rén jié　tài

贪醉青莲，采石矶头捞皓月⑨；思亲仁杰，太

háng shān dǐng wàng gū yún

行山顶望孤云⑩。

注解

① **茶已熟**　茶已煎熟。［明］李日华《题画》诗云："茶熟香温且自看。"

② **酒初醺**　喝酒已醉。醺：醉。［唐］杜甫《拨闷》诗云："闻道云安麹实春（酒名），才倾一盏即醺人。"

③ **西堂梦草**　南朝宋诗人谢灵运，极赏识从弟谢惠连。他说："我每写篇章，如能见到惠连，就能神奇地得到佳语。"一次，在永嘉西堂构思诗章，竟日不就，忽梦见惠连，即得"池塘生春草，园柳变鸣禽"之佳句，自以为是得神助。（见［南朝宋］谢灵运《登池上楼》）

④ **南涧采芹**　古时学宫叫"泮宫"，宫内的水池叫"泮水"。入学则可采水中之芹以为菜，故称入学为"采芹""入泮"。《诗经·鲁颂·泮水》云："思乐泮水，薄采其芹。"

⑤ **烂霞成五色** 灿烂云霞成五色。宋太宗（赵光义）《逍遥咏》诗云：“地卑三光照，天开五色霞。”

⑥ **瑞雪积三分** 雪胜梅花三分白。[宋] 卢梅坡的《雪梅》诗云：“梅雪争春未肯降，骚人阁（同‘搁’）笔费评章。梅须逊雪三分白，雪却输梅一段香。”

⑦ **子美诗成能泣鬼** 唐代诗圣杜甫，字子美，曾写诗称赞好友李白“诗成泣鬼神”。其《寄李十二白二十韵 》诗云：“昔年有狂客，号称谪仙人。笔落惊风雨，诗成泣鬼神。”作者在这里是把杜甫对他人的赞颂转嫁到了杜甫自己身上。

⑧ **相如赋就自超群** 西汉大辞赋家司马相如，作品辞藻富丽，结构宏大，是中国文学史上杰出的代表，后人称之为“辞宗”和“赋圣”。（见《史记·司马相如列传》）

⑨ **贪醉青莲，采石矶头捞皓月** 青莲：即“青莲居士”，是李白的别号。此指李白捞月传说。（参见本卷“十灰”注㉗）

⑩ **思亲仁杰，太行山顶望孤云** 唐朝宰相狄仁杰，字怀英，功勋卓著，且孝友绝人。起初，工部尚书阎立本举荐仁杰为并州（今山西太原）法曹参军，其父母亲居河阳（今河南孟州），仁杰赴并州登太行山，南望白云孤飞，对左右说：“吾亲所居，在此云下。”瞻望良久，云移乃去。（见《旧唐书·狄仁杰传》）

太白造像（局部）（陈少梅）

徐孺子⑪，信陵君⑫。文章太守⑬，韬略将军⑭。踏山寻妙药⑮，锄地种香芸⑯。灯尽不挑垂暗蕊，炉灰重拨尚余薰⑰。金殿昼长，隐隐漏壶花外转⑱；锦江夜静，悠悠渔笛月中闻⑲。

xú rú zǐ xìn líng jūn wén zhāng tài shǒu tāo lüè jiāng jūn tà shān xún miào yào chú dì zhòng xiāng yún dēng jìn bù tiāo chuí àn ruǐ lú huī chóng bō shàng yú xūn jīn diàn zhòu cháng yǐn yǐn lòu hú huā wài zhuǎn jǐn jiāng yè jìng yōu yōu yú dí yuè zhōng wén

注解

⑪ **徐孺子** 即东汉高士徐稚，字孺子，江西南昌人，以“恭俭义让，淡泊明志”的处世哲学受到世人推崇。（见《后汉书·徐稚传》）

⑫ **信陵君** 即战国“四大君子”之一的魏宗室大臣魏无忌。在魏国走向衰落之时，他效仿孟尝君田文、平原君赵胜的辅政方法，延揽食客，养士数千人，自成势力。他礼贤下士，急人之困，曾在军事上两度击败秦军，分别挽救了赵国和魏国危局。（见《史记·信陵君列传》）

⑬ **文章太守** 泛指文才高超的人。宋朝扬州太守欧阳修在《朝中措·送刘仲原甫出守维扬》词中写道：“文章太守，挥毫万字，一饮千钟。行乐直须年少，樽前看取衰翁。”

⑭ **韬略将军** 泛指兵法超群的人。也可喻指古代兵书。韬略：意指“文韬武略”，在斗争中所采取的策略、计谋、政策、手段等，广义上都可称为韬略。

⑮ **踏山寻妙药** 东晋的葛洪、南朝的陶弘景、明朝的李时珍等中医大

家，都曾多次到今南京栖霞山中采药。

⑯ **锄地种香芸** 香芸：香草，俗称“七里香”，有特异香气，能去蚤虱，辟蠹奇验，古来藏书家多用以防蠹。［北宋］王珪《端午内中帖子词·夫人阁》云：“后苑寻青趁午前，归来竞斗玉兰边。袖中独有香芸草，留与君王辟蠹编。”

⑰ **灯尽不挑垂暗蕊，炉灰重拨尚余薰** 蜡烛烧尽芯不挑，仍留残蕊气味；香炉灰烬再挑拨，仍有余香。暗蕊：犹残蕊，指烧过后的灯芯。余薰：犹余香。

⑱ **金殿昼长，隐隐漏壶花外转** 白天在宫中花园仍可听到金殿里隐隐约约的漏壶响。漏壶：古代计时的器具。

⑲ **锦江夜静，悠悠渔笛月中闻** 夜晚在白月光下仍可听到锦江中徐缓悠长的渔笛声。渔笛：渔夫吹笛声。

数声渔笛在沧浪（贺天健）

wū xiá yuè　chǔ xiù yún　dēng guāng càn làn　jiǔ
巫峡月[20]，楚岫云[21]。灯光灿烂[22]，酒
qì yīn yūn　fēng qū hóng xìng ruǐ　hè tà bì tái wén
气氤氲[23]。蜂趋红杏蕊[24]，鹤踏碧苔纹[25]。
qīng lù lín chén liáng sì xǐ　huǒ yún dāng wǔ rè rú fén
清露临晨凉似洗[26]，火云当午热如焚[27]。
qíng zhòng zhì jiān　yuān gé fǔ yī hán liè fù　cái gāo xìng fā
情重志坚，鸳阁腐衣韩烈妇[28]；才高兴发，
lóng shān luò mào mèng cān jūn
龙山落帽孟参军[29]。

注解

⑳ **巫峡月**　[唐] 栖蟾《宿巴江》诗云："一汀巫峡月，两岸子规天。"

㉑ **楚岫云**　楚岫：楚地山峦。[唐] 许浑《归长安》诗云："黔江水暖还曾饮，楚岫云深不识寒。"

㉒ **灯光灿烂**　这是唐朝苏味道《正月十五夜》中"火树银花合"诗意的化用。形容张灯结彩，灯火灿烂。火树：火红的树，指树上挂满彩灯。银花：银白色的花，指灯光雪亮。

㉓ **酒气氤氲**　酒香浓郁。氤氲：气体弥漫。[宋] 孔武仲《介之会徐氏家饮薄暮不归为诗招之》诗云："花光灼烁筵前锦，酒韵氤氲盏上云。"

㉔ **蜂趋红杏蕊**　这是唐朝李山甫《曲江二首》中"蜂怜杏蕊细香落"诗句的化用。

㉕ **鹤踏碧苔纹**　宁夏中卫市兴隆山古道观老君台旧志中有"野鹤情闲倚碧苔"诗句。（见《乾隆中卫县志》）

㉖ **清露临晨凉似洗**　清晨露水点点，凉爽如沐浴。这是宋朝贾似道《题

促织二首》中“湛湛露华凉似洗，啾啾蛩韵巧如讴”诗句的化用。

㉗ **火云当午热如焚** 正午红云当空，酷热如火烧。这是唐朝齐己《苦热怀玉泉寺寄仁上人》中“火云如烧接苍梧”诗句的化用。火云：红云。红云出现时节，多指炎夏。

㉘ **情重志坚，鸳阁腐衣韩烈妇** 传说，战国末年宋国国君宋康王夺舍人韩凭之妻何氏，又把韩凭抓起来判服劳役。韩凭含恨自杀。其妻暗将衣服腐蚀，亦决心以死殉情。一天，何氏陪康王登台游览，遂自投台，左右揽之，衣破人亡，衣片随风飘起，瞬间化作蝴蝶而去。这时，康王又下令让韩凭夫妇墓冢相望而不得合葬。但旬日之间，生于二冢之端的大梓木盈抱，屈体相就，枝错于上，雌雄鸳鸯恒栖树上，交颈悲鸣，音声感人。宋人哀之，遂号其木曰“相思树”。（见《搜神记》）

㉙ **才高兴发，龙山落帽孟参军** 九月初九重阳节，东晋权臣桓温带着属下的文武官员游览龙山，登高赏菊，并开饮宴。突然一阵风吹来，把参军孟嘉的帽子吹落在地，但他没有察觉，仍举杯痛饮。许久，孟嘉起身如厕。桓温趁机让人把孟嘉的帽子捡起，放在孟的席位。又命人取纸笔，让咨议参军孙盛写字条，嘲笑孟嘉落帽而不觉，有失体面。桓温把纸条压在帽子下。孟嘉回到座位时，才发觉自己落帽失礼。但他不动声色地顺手拿起帽子戴正。又拿起字条看了一遍，即请左右取来纸笔，不假思索，奋笔疾书，一气呵成一篇诙谐而文采四溢的答词，为自己的落帽失礼辩护。桓温和满座宾朋争相传阅，无不叹服。（见《晋书·孟嘉传》）

十三元

táo yè dù xìng huā cūn xián lú zhēng yàn jiē
桃叶渡①，杏花村②。衔芦征雁③，接
jiàn lǎo yuán xiǎo jìng niú yáng jiàn qíng yán yàn què xuān
箭老猿④。晓径牛羊践⑤，晴檐燕雀喧⑥。
shuǐ tǎ jì yú zhī bào běn shān wū bǔ mǔ bú wàng ēn
水獭祭鱼知报本⑦，山乌哺母不忘恩⑧。
yè zhàng gāo rén yuán jú jìng biān xún gù jiù hè chú yě lǎo
曳杖高人，园菊径边寻故旧⑨；荷锄野老，
hǎi táng huā xià xì ér sūn
海棠花下戏儿孙⑩。

注解

① **桃叶渡** 传说东晋书法家王献之的爱妾名桃叶，常在今江苏南京秦淮、青溪合流处渡江，王献之放心不下，常常亲自在渡口迎送，并作《桃叶歌》示爱，歌曰："桃叶复桃叶，渡江不用楫。但渡无所苦，我自迎接汝（你）。"后称此渡口为"桃叶渡"。（见《隋书·五行志》）

② **杏花村** "清明时节雨纷纷，路上行人欲断魂。借问酒家何处有？牧童遥指杏花村。"这是唐代诗人杜牧的名诗。杏花村在哪里？杏花村在江苏南京；在安徽贵池；在湖北麻城；在山西汾阳……各说不一。

③ **衔芦征雁** 口含芦草的飞雁。衔芦是飞雁用以自卫的一种本能。[晋] 崔豹《古今注·鸟兽》云："雁自河北渡江南，瘦瘠能高飞，不畏缯缴（猎取飞鸟的射具）。江南沃饶，每至还河北，体肥不能高飞，恐为虞人（古

代掌管山泽苑囿之官）所获，尝衔芦长数寸，以防缯缴焉。”

④ **接箭老猿** 有个叫悟空的僧人在江外，看见一只母猿抱着小猿坐在树上，射鸟人引弓发射，结果，母猿应声中箭。母猿呼唤雄猿近前，将小猿托付给它后，悲戚地鸣叫了几声，拔掉身上的箭，掉到地上死了。射鸟的人把箭折断，把弓丢弃，发誓不再射箭。（见《墨客挥犀·三》）

⑤ **晓径牛羊践** 天亮，牛羊在小路上行走。晓径：早晨的小路。践：踩踏。这是唐代刘长卿《登吴古城歌》中“黍离离兮城坡坨，牛羊践兮牧竖歌”诗句的化用。

⑥ **晴檐燕雀喧** 天晴，燕雀在屋檐下鸣叫。喧：原文作“暄”，疑误。［唐］杜荀鹤《赠溧水崔少府》诗云：“庭户萧条燕雀喧，日高窗下枕书眠。”

⑦ **水獭祭鱼知报本** 水獭：其形似狗，故也叫“水狗”。水獭捕到鱼，就摆在岸边，如同陈列供品祭祀，故称“獭祭鱼”。《本草纲目·兽部·水獭》云：“［李］时珍曰：王氏《字说》云：‘正月、十月獭两祭鱼，知报本反始（指受恩思报，不忘所始）。’”

⑧ **山乌哺母不忘恩** 旧称乌鸦能反哺其母，故以喻人子奉养其亲。［晋］束皙《补亡诗·南陔》云：“嗷嗷林乌，受哺于子。”［宋］苏辙《次韵宋构朝请归守彭城》诗云：“马驰未觉西南远，乌哺何辞日夜飞。”《本草纲目·禽部》载：“慈乌：此鸟初生，母哺六十日，长则反哺六十日。”

⑨ **曳杖高人，园菊径边寻故旧** 此指九月九日重阳节，陶渊明辞官隐居后，清贫无酒，在宅边菊园独坐凝思。未几，老朋友江州刺史王弘派人送来了美酒，于是就地痛饮，至醉而归。（参见本卷“十灰”注⑨）

⑩ **荷锄野老，海棠花下戏儿孙** 语出［唐］滕白《村居》中“皤腹老翁眉似雪，海棠花下戏儿孙。”

bì jī miào jīn mǎ mén jīn bēi yù dǒu lóng sháo
碧鸡庙，金马门⑪。金杯玉斗⑫，龙勺
xī zūn qìng yún tuō yù diàn gān lù dī tóng pén bì
牺樽⑬。庆云拖玉殿⑭，甘露滴铜盆⑮。闭
hù yuán ān gān wò xuě xià wéi dǒng zǐ bù kuī yuán lián
户袁安甘卧雪⑯，下帷董子不窥园⑰。廉
fàn lín mín cí huì qún gē lái hé mù yú gōng zhì yù qīng
范临民，慈惠群歌来何暮⑱；于公治狱，清
qín gòng xiàn sǐ wú yuān
勤共羡死无冤⑲。

注解

⑪ **碧鸡庙，金马门** 早在西汉时就传说益州有金马、碧鸡之神。今云南昆明市东有金马山，西有碧鸡山，两山相对，山上都有神庙。《读史方舆纪要》载：金马山、碧鸡山，“金，形似马；碧，形似鸡”。

⑫ **金杯玉斗** 指金制的杯子，玉制的酒器。[唐]卢照邻《秋霖赋》云：“绣毂银鞍，金杯玉盘，坐卧珠璧，左右罗纨。”[南朝梁]简文帝《七励》云：“酌玉斗之英丽（奇丽），照银杯之轻蚁（浮在酒面上的泡沫）。”

⑬ **龙勺牺樽** 古代酒器。《礼记·明堂位》载：“其勺，夏后氏以龙勺，殷以疏勺，周以蒲勺。”[南朝宋]谢惠连《祭古冢文》曰：“幽灵仿佛，歆（享受）我牺尊（通‘樽’）。”

⑭ **庆云拖玉殿** [唐]王维《大同殿柱产玉芝，龙池上有庆云神光照殿》诗云：“岂知玉殿生三秀（灵芝一年开花三次，故又称三秀），讵有铜池出五云（清白赤黑黄五色瑞云，是吉祥的征兆）。”

⑮ **甘露滴铜盆** 汉武帝迷信神仙，造承露盘以承甘露，当仙水喝。《三

辅故事》载："建章宫承露盘，高二十丈，大七围，以铜为之。上有仙人掌承露（接露水），和玉屑（指玉屑饭）饮之。"

⑯ **闭户袁安甘卧雪** 东汉楚郡太守袁安，字邵公，汝南汝阳人。自幼好学，生性倔强，为人严谨，受人敬重，被洛阳令举为孝廉。洛阳郡下大雪，人多外出乞食。袁安为避免与贫民争食，掩门卧床不出，故有积雪拥掩其门。（见《后汉书·袁安传》）

⑰ **下帷董子不窥园** 下帷：放下室内悬挂的帷幕。指教书。汉代大儒董仲舒办学教书，让老学生传授新学生，很多学生没见过老师的面。书馆建有乐园，学生每吃完饭，就相互问："今天老师来乐园吗？"原来董仲舒为专心致志授业，"三年不窥园（不到园中游嬉）"。（见《汉书·董仲舒传》）［宋］陆游《老学庵笔记》云："董仲舒三年不窥园，谓勤苦不游嬉也。馆中著庭有园，每会饭罢，辄相语曰：'今日窥园乎？'"

⑱ **廉范临民，慈惠群歌来何暮** 东汉廉范，字叔度，早年于京师受业，服侍博士薛汉。明帝时，薛汉因事被诛，故旧（旧友）皆远避，廉范独往收殓，因此以义侠闻名于世。后来，廉范任云中太守，匈奴不敢犯境。任武威、蜀郡太守时，随俗治政，废除旧令，让百姓储水防火，掌灯夜作，生活富裕，百姓称颂，歌谣曰："廉叔度，来何暮？（为何来得这么晚）不禁火，民安作。平生无襦今五绔。"（见《后汉书·廉范传》）

⑲ **于公治狱，清勤共羡死无冤** 汉朝丞相西平侯于定国的父亲于公是县狱的官吏，判案公平无冤。东海有个孝妇，很早成寡无子，细心照顾婆婆十多年。婆婆早就让她再嫁，她一直不肯。后来婆婆上吊而死。婆婆的女儿上告官吏，官吏严刑拷打，逼孝妇承认杀了婆婆。于公替孝妇鸣冤，太守不理他，最终杀了孝妇。天理难容，郡中三年干旱。（见《汉书·于定国传》）

yā jù zhèn　è fēi qiān　huà lóng pò bì　ài
鸦聚阵[20]，鹗飞骞[21]。画龙破壁[22]，爱

hè chéng xuān　shū quán liú dì mài　yí shí dòng yún gēn
鹤乘轩[23]。疏泉流地脉[24]，移石动云根[25]。

sháo yào gē hóng fān gǔ qì　bì luó xíng lǜ shàng tuí yuán
芍药歌红翻古砌[26]，薜萝行绿上颓垣[27]。

qiū lěng wú jiāng　qīng fēng yè luò piāo qián zhǔ　rì xié péng zé
秋冷吴江，青枫叶落飘前渚[28]；日斜彭泽，

bái liǎo huā fēi guò yuǎn cūn
白蓼花飞过远村[29]。

注解

⑳ **鸦聚阵**　聚阵：成群结队。[明]唐寅《马》诗云："雪中一阵乌鸦起，知是胡雏打猎来。"

㉑ **鹗飞骞**　鹗：通称"鱼鹰"。飞骞：飞行。[明]庞尚鹏《闻郭梦菊祠部北上将戒期次韵劝驾》诗云："雨过千山秀，天高一鹗骞。"

㉒ **画龙破壁**　传说梁代画家张僧繇在金陵安乐寺壁上画了四条白龙，不点眼睛。他说点上眼睛龙就飞了。听者皆以为妄诞，要他点睛。刚点两龙，雷电破壁，两龙腾云上天；未点睛二龙仍在。（见[唐]张彦远《历代名画记·张僧繇》）

㉓ **爱鹤乘轩**　轩：古代高官坐的车。春秋时期，卫懿公爱鹤，外出也让鹤乘豪华车子。后来，卫懿公要出征，将士们说："让鹤去征战吧，鹤能坐豪华车，我们怎么会比鹤还能打仗呢？"（见《左传·闵公二年》）

㉔ **疏泉流地脉**　泉水依着地形走势流动。疏泉：把泉水挖出来。地脉：土地的脉络，地形的走势。

㉕ **移石动云根** 语出贾岛《题李凝幽居》中的“移石动云根”。意思是低云飘移，仿佛山石在移动。云根：此指“云脚”，接近地面的云气。

㉖ **芍药歌红翻古砌** 红芍药长过旧台阶。芍药歌：指芍药。韩愈写有赞芍药诗《芍药歌》。古砌：指旧屋前的石阶。[唐]皎然《春日会韩武康章后亭联句》云：“砌香翻芍药。”白居易有“芍药初开，红药当阶翻”诗句。

㉗ **薜萝行绿上颓垣** 绿薜萝爬上破墙壁。薜萝：薜荔和女萝。两者皆野生植物，常攀缘于山野林木或屋壁之上。颓垣：破墙断壁。

㉘ **秋冷吴江，青枫叶落飘前渚** 唐代大诗人李白秋夜在安徽当涂采石矶泛舟赏月，想到镇守牛渚的东晋将军谢尚盛赞袁宏的咏史诗，而自己也像袁宏那样富于才华，却遇不到谢尚那样的知音了。遂作《夜泊牛渚怀古》一首：“牛渚西江夜，青天无片云。登舟望秋月，空忆谢将军。余亦能高咏，斯人不可闻。明朝挂帆席，枫叶落纷纷。”牛渚：是安徽当涂西北紧靠长江的一座山，北端突入江中，即著名的采石矶。

㉙ **日斜彭泽，白蓼花飞过远村** 南唐诗人李中，江西九江人。在任淮西某县县令时，兄弟亡故，两亲在堂，上表请归故乡养亲。归乡途中，夜宿彭泽，写下急切归里的《舟次彭泽》诗篇：“飘泛经彭泽，扁舟思莫穷。无人秋浪晚，一岸蓼花风。乡里梦渐远，交亲书未通。今宵见圆月，难坐冷光中。”

十四寒

pú kuí shàn zhú tuò guān jīng qí shǎn shǎn huán
蒲葵扇[①]，竹箨冠[②]。旌旗闪闪[③]，环
pèi shān shān yān huā pān yuè xiàn yè yuè yán líng tān
佩珊珊[④]。烟花潘岳县[⑤]，夜月严陵滩[⑥]。
yī mèi zhàng fēng jīn lǚ xì jiàn fēng héng xuě yù qiào hán
衣袂障风金缕细，剑锋横雪玉鞘寒[⑦]。
liǔ xù yīn fēng shù diǎn pín nián yín fá yuè lí huā dài yǔ
柳絮因风，数点频黏银阀阅[⑧]；梨花带雨，
yì zhī xié yǐ yù lán gān
一枝斜倚玉阑干[⑨]。

注解

① **蒲葵扇** 蒲葵：常绿乔木，叶子大。由蒲葵叶、柄制成的扇子，是中国应用最为普遍的扇子，亦称蒲扇 。[唐]白居易《早夏游宴》诗云：“未收木绵褥，已动蒲葵扇。”

② **竹箨冠** 即斗笠。竹箨：竹笋的外壳。[唐]王贞白《洗竹》诗云：“锦箨（竹箨的美称）裁冠添散逸，玉芽修馔称清虚。”

③ **旌旗闪闪** [唐]庄南杰《雁门太守行》诗云：“旌旗闪闪摇天末，长笛横吹虏尘阔。”

④ **环佩珊珊** [宋]李夫人《蝶恋花·急鼓疏钟声报晓》词云：“环佩珊珊香袅袅。尘埃不到如蓬岛。”

⑤ **烟花潘岳县** 西晋潘岳任河阳（今河南孟州）县令时，在全县广植

桃李，阳春三月，繁花似锦，万民称赞，并称河阳为“潘岳县”。（见《晋书·潘岳传》）

⑥ **夜月严陵滩** 此指严光隐居富春山故事。（参见本卷“三江”注㉒）

⑦ **衣袂障风金缕细，剑锋横雪玉鞘寒** 这两句是唐代王初《送王秀才谒池州吴都督》中“衣袂障风金镂细，剑光横雪玉龙寒”诗句的化用。

⑧ **柳絮因风，数点频黏银阀阅** 随风乱飘的柳絮，频频骚扰权贵人家的大门。阀阅：此指权贵人家。

⑨ **梨花带雨，一枝斜倚玉阑干** 雨浸梨花重，一枝梨花斜靠在玉栏杆上。阑干：同“栏杆”。这是唐代白居易《长恨歌》中“玉容寂寞泪阑干，梨花一枝春带雨”诗句的化用。写死后的杨贵妃在海上仙山，云髻半偏，花冠不整，泪水横流，出见唐玄宗使者临邛道士时的形象。

春雨梨花（齐白石）

shāo shòu tàn pēng lóng tuán mèng zōng kū zhú
烧兽炭[⑩]，烹龙团[⑪]。孟宗哭竹[⑫]，
yàn jí mèng lán sōng kū zāo yǔ kǔ huā shòu pà fēng hán
燕姞梦兰[⑬]。松枯遭雨苦[⑭]，花瘦怕风寒[⑮]。
biàn lǐ yuè gōng cí chāng chù chěng wēi jiè zǐ zhǎn lóu lán
辨礼阅公辞昌歜[⑯]，逞威介子斩楼兰[⑰]。
zòng chǐ wáng sūn cháng xiàng huā qián hān měi jiǔ bì xián jūn
纵侈王孙，长向花前酣美酒[⑱]；避嫌君
zǐ bú cóng lǐ xià zhěng wēi guān
子，不从李下整危冠[⑲]。

注解

⑩ **烧兽炭**　做成兽形的炭。亦泛指炭或炭火。《晋书·外戚传·羊琇》载：“[羊]琇性豪侈，费用无复齐限，而屑炭和作兽形以温酒，洛下（洛阳城）豪贵咸竞效之。”

⑪ **烹龙团**　龙团：优质茶叶。[宋]苏轼《惠山烹小龙团》诗云：“独携天上小团月，来试人间第二泉。石路萦回九龙脊，水光翻动五湖天。”

⑫ **孟宗哭竹**　西晋孟宗，少年丧父。病重的老母，冬日想吃笋煮羹食。宗无计可得，乃往竹林中，抱竹而泣。孝心感动天地，须臾，地裂，出笋数茎，宗持归作羹奉母，食毕病愈。（见《二十四孝》）

⑬ **燕姞梦兰**　传说春秋时，郑文公贱妾燕姞，梦见天使予己兰花。天使说：“兰有国香，佩戴它，见者会像爱它一样爱你。”既而文公见之，燕姞得以侍寝郑文公，并受孕生穆公。（《左传·宣公三年》）

⑭ **松枯遭雨苦**　雨水过多，枯松受灾。这是宋朝吴大有《杂诗》中“山中多雨水，秋晚正妨农……拥沙埋废井，堕石折枯松”诗意的化用。

⑮ **花瘦怕风寒** 秋菊傲霜却怕寒。花瘦：即“瘦花”，指“菊花”，也叫“黄花”。诗人称“黄花”为“瘦花”。秋菊傲霜盛开，但重阳节过后，气温骤凉，秋风扫落叶，纵使傲霜的秋菊也逃不脱枯萎的命运。

⑯ **辨礼阅公辞昌歜** 昌歜：用菖蒲根腌制咸菜，用以招待他国贵宾。春秋时，鲁僖公三十年，周朝天子派周公阅至鲁国，鲁僖公以昌歜等食物宴请他，周公阅推辞不受，说：“这是招待‘文足昭，武可畏’的有功德之国君的礼节，我怎么敢接受！”（见《春秋左传正义》）

⑰ **逞威介子斩楼兰** 汉昭帝以赏赐为名，遣傅介子携带黄金锦绣至楼兰诱杀楼兰王。到楼兰，楼兰王无意会见。介子便指使译者转告楼兰王说：“汉使者持黄金行赌诸国，王不来受，我去西国矣。”译者还报，楼兰王闻言，即刻来见。介子与其坐饮，待其酒醉，引导楼兰王进入帐中，使二壮士从身后将其刺死，然后持楼兰王首级归报朝廷。（见《汉书·傅介子传》）

⑱ **纵侈王孙，长向花前酣美酒** 奢侈放纵的贵族子弟，日夜沉迷于国色酒香。这是唐朝李正封《牡丹诗》中“国色朝酣酒，天香夜染衣”诗意的化用。句中的“花前”，可指“牡丹花”，也可指“美女”。诗人刘禹锡称牡丹为“国色”，国色又指“美女”。

⑲ **避嫌君子，不从李下整危冠** 人格高尚者，为避免嫌疑，不在李子树下整理帽子。《乐府诗集·君子行》载：“君子防未然，不处嫌疑间。瓜田不纳履，李下不整冠。”

huī yù lè kuà jīn ān fàn zēng zhuàng dòu gòng
挥玉勒，跨金鞍[20]。范增撞斗[21]，贡

yǔ tán guān qín xián tán bié hè jìng xiá yǎn gū luán
禹弹冠[22]。琴弦弹别鹤[23]，镜匣掩孤鸾[24]。

bīng pàn chǔ jiāng zhōu jǔ yì chén méng shǔ dào kè xíng nán
冰泮楚江舟举易[25]，尘蒙蜀道客行难[26]。

dà dì yáng huí shū qì cuī méi chuán xìn xī cháng tiān zhòu
大地阳回，淑气催梅传信息[27]；长天昼

yǒng hǎo fēng qiāo zhú bào píng ān
永，好风敲竹报平安[28]。

注解

⑳ **挥玉勒，跨金鞍** 玉勒：玉饰马衔。挥玉勒即"控玉勒"。金鞍：金饰马鞍。［北周］庾信《三月三日华林园马射赋》云："控玉勒而摇星，跨金鞍而动月。"

㉑ **范增撞斗** 刘邦攻占秦都咸阳，欲称王关中，项羽决计破刘邦。刘邦亲临鸿门向项羽谢罪。项羽留刘邦宴饮。宴会上，项庄舞剑欲刺刘邦，刘邦借口上厕所逃走，并托张良代向项羽赠白璧一双，向亚父范增赠玉斗一双。项羽欣然受璧，置于座上；而亚父受玉斗，置之地上，拔剑撞而破之，愤怒地说："夺项王天下者，必沛公（刘邦）也。"（见《史记·项羽本纪》）

㉒ **贡禹弹冠** 汉宣帝时，琅琊人王吉和贡禹是好朋友。贡禹多次被免职，王吉也很不得志。汉元帝时，王吉被召为谏议大夫，贡禹听到这个消息很高兴，就把自己的官帽取出，弹去灰尘，准备戴用。果然没多久贡禹也被任命为谏议大夫。（见《汉书·王吉传》）

㉓ **琴弦弹别鹤** 别鹤：乐府琴曲名。［晋］崔豹《古今注》云："《别鹤

操》，商陵牧子所作也。娶妻五年而无子，父兄将为之改娶。妻闻之，中夜起，倚户而悲啸。牧子闻之，怆然而悲，乃歌曰：'将乖比翼隔天端，山川悠远路漫漫，揽衣不寝食忘餐！'后人因为乐章焉。"后用以指夫妻分离，抒发别情。［南朝齐］谢朓《琴》诗云："是时操《别鹤》，淫淫客泪垂。"

㉔ **镜匣掩孤鸾** 从前，罽宾（汉代西域国名）王在峻卯山捕获一只鸾鸟，王甚爱之，乃饰以金樊（金笼子），飨以珍馐（美味食品）。但鸾三年不鸣。其夫人说："尝闻鸟见其类而后鸣，何不悬镜以映之！"王从其言。鸾鸟睹其影，果奋鸣，哀响冲霄，一奋而绝（绝命）。（见［南朝宋］范泰《鸾鸟诗序》）后以"镜鸾"比喻失偶。

㉕ **冰泮楚江舟举易** 楚江冰化好行舟。冰泮：冻冰融化。楚江：即长江。

㉖ **尘蒙蜀道客行难** 尘蒙：被灰尘蒙盖。蜀道：古代指由长安通往蜀地的道路。蜀道穿越秦岭和大巴山，山高谷深，道路崎岖，难以通行，诗仙李白作《蜀道难》诗描绘了蜀道之艰险难行。

㉗ **大地阳回，淑气催梅传信息** 这是宋朝宋祁《杨备永嘉市征》中"几枝北道梅传信"和南朝宋陆凯《赠范晔诗》中"折花逢驿使，寄与陇头人。江南无所有，聊赠一枝春"诗意的化用。淑气：温和怡人之气。

㉘ **长天昼永，好风敲竹报平安** 昼永：白昼漫长。［唐］段成式《酉阳杂俎续集·支植下》云："北都（即晋阳，今太原市西南）惟童子寺有竹一窠（一丛），才长数尺。相传其寺纲维（主管事务的和尚）每日报竹平安。"

十五删

shān dié dié　shuǐ chán chán　zhū huán hé pǔ　yù
山叠叠[①]，水潺潺[②]。珠还合浦[③]，玉
chū kūn shān　míng xīng qiān diǎn càn　xīn yuè yì gōu wān
出昆山[④]。明星千点灿[⑤]，新月一钩弯[⑥]。
yè yǐn zhǔ bīn lián chán zuò　zǎo cháo wén wǔ liè yuān bān
夜饮主宾联蝉座[⑦]，早朝文武列鸳班[⑧]。
chǔ jiù chéng yīng　yì lì gū ér cún zhào zuò　pèi gōng xiàng
杵臼程婴，义立孤儿存赵祚[⑨]；沛公项
yǔ　jì móu rú zǐ duó qín guān
羽，计谋孺子夺秦关[⑩]。

注解

① **山叠叠**　山峰重重。[宋] 蔡伸《踏莎行·水满青钱》词云："叠叠遥山，绵绵远道。"

② **水潺潺**　潺潺：流水声。[唐] 白居易《小阁闲坐》诗云："阁前竹萧萧，阁下水潺潺。"

③ **珠还合浦**　合浦（广东广西交界地）产珠无谷，合浦人常以北海珍珠与交趾（今越南）人通商换粮。可是，东汉顺帝时，贪婪的原合浦太守垄断珠宝，移到交趾郡界交易，合浦穷人无珠无粮，饿死很多。孟尝接任合浦太守后，革除旧弊，合浦珠还，百姓重操旧业，商贸兴隆。（见《后汉书·孟尝传》）

④ **玉出昆山**　昆山：此为"昆仑山"的简称，西起帕米尔高原东部，

横贯新疆西藏间，东延入青海境内。昆山玉：以产于新疆和田的“和田玉”最有名。《史记·李斯列传》云：“今陛下致昆山之玉，有隋和之宝（‘隋’指隋珠；‘和’指和氏璧）。”

⑤ **明星千点灿** 千点繁星如同撒在天幕上的颗颗夜明珠，闪烁着璀璨光辉。

⑥ **新月一钩弯** 新生的月亮如同一只弯弯的银钩。[宋]可旻《渔家傲》词云：“一钩新月弯弯白。”

⑦ **夜饮主宾联蝉座** 夜间饮宴，主宾座次排列有序。联蝉：连续不断的样子。

⑧ **早朝文武列鸳班** 鸳班：比喻朝官井然有序的行列。也作“鸳行”。这是唐朝韩偓《梦中作》中“紫宸（宫殿名，天子所居）初启列鸳鸾，直向龙墀（宫殿前的红色台阶）对揖班”诗句的化用。

⑨ **杵臼程婴，义立孤儿存赵祚** 春秋时晋国义士程婴，是晋卿赵盾及其子赵朔的好友。晋景公三年，大夫屠岸贾杀灭赵族，赵朔门客公孙杵臼与程婴共谋，以程婴的亲生儿子充赵氏孤儿，让程婴抱赵氏真孤匿养山中，并故意告发杵臼，杵臼和程婴的亲生儿子被杀。十五年后，景公听韩厥之言，把赵氏孤儿赵武收进宫来，诛杀屠岸贾。程婴则自杀以报杵臼。（见《史记·赵世家》）

⑩ **沛公项羽，计谋孺子夺秦关** 反秦的陈胜、吴广起义失败后，刘邦起义部归附了项梁、项羽叔侄领导的楚军，共反秦朝。楚军分两路，一路由宋义、项羽率领北上救赵，抗击秦将章邯；一路由刘邦组军西进伐秦。并约定“先入定关中者王之”。刘邦转战数月，先逼咸阳，秦王子婴投降。项羽苦战秦军获胜，入关后屠戮咸阳。项羽自认功高，自恃强大，遂自行分封天下，并毁约拒绝把先入关的刘邦封为关中王，将其改封到汉中为“汉王”。项羽自封“西楚霸王”。（见《史记·高祖本纪》）

shé bào zhǔ　què xián huán　hǔ tóu yàn hàn　hè
蛇报主⑪，雀衔环⑫。虎头燕颔⑬，鹤
fà lóng yán　shuǐ liú fēn yàn wěi　shān xiù yōng luó
发龙颜⑭。水流分燕尾⑮，山秀拥螺
huán　liáng dì jiǎng jīng tóng tài sì　yán guāng chuí diào fù
鬟⑯。梁帝讲经同泰寺⑰，严光垂钓富
chūn shān　fǎn bǔ cí wū　yè yuè zhī tóu tí yā yā　qiān
春山⑱。返哺慈乌，夜月枝头啼哑哑⑲；迁
qiáo hǎo niǎo　chūn fēng huā dǐ yǔ guān guān
乔好鸟，春风花底语关关⑳。

注解

⑪ **蛇报主**　传说西周时隋侯出行，见一条大蛇被拦腰砍伤，他让随从为蛇医治，蛇伤好后爬走了。一年后，这条蛇化为一个黄毛少儿送来一颗大明珠报答隋侯，人称“隋珠”。（见［宋］欧阳修《〈归田录〉序》）

⑫ **雀衔环**　传说东汉太尉杨震之父杨宝，救活了一只黄雀，并将它放飞。当晚，杨宝梦见一个口衔四枚白环的黄衣童子对他说：“我是西王母的使者，感谢您的救命之恩，特赠四枚白环，愿您的子孙‘洁白如环，荣登高科’。”后来，杨宝之子杨震位居太尉，其孙杨秉位居尚书，其曾孙杨赐等皆扬名当世。（见《后汉书·杨震传》）

⑬ **虎头燕颔**　形容人的相貌威武。东汉班超年少时长得燕颔虎头，有个看相的见了他说：“燕颔虎头，飞而肉食，这是万里封侯之相。”后来班超率军平定西域匈奴，被封为定远侯。（见《后汉书·班超传》）

⑭ **鹤发龙颜**　鹤发：白发。龙颜：旧时相术家以额头隆起为龙颜，称之为有帝王贵相。《史记·高祖本纪》载：“高祖为人，隆准而龙颜，美须

髯。”［唐］薛存诚《东都父老望幸》诗云：“龙颜觐白日，鹤发仰清风。”

⑮ **水流分燕尾**　水流大时，溪流中间的凸出岩石会将水流一分为二成燕尾状。［宋］刘过《次张昌化合溪新亭韵》诗云：“燕尾溪流上下分，中余里许地翻平。”

⑯ **山秀拥螺鬟**　秀丽的山峰簇拥，好像美人青螺状的发髻。螺鬟：古代妇女梳的环形发髻。［宋］张榘《飞雪满堆山》诗云：“四望犹拥螺鬟。”

⑰ **梁帝讲经同泰寺**　南朝梁武帝萧衍，崇儒敬佛，大兴寺庙。他下令在皇宫（今南京）旁修建同泰寺，亲赴同泰寺，脱御服、换法衣当和尚，举办佛教庆典大会，连日讲经。（见《南史·梁武帝本纪》）

⑱ **严光垂钓富春山**　此指后汉严光拒受光武帝刘秀封官，隐居富春山垂钓。（参见本卷“三江”注㉒）

⑲ **返哺慈乌，夜月枝头啼哑哑**　返哺：雏鸟长大，衔食哺其母。比喻报答亲恩。［元］无名氏《薛苞认母》云：“蹦踏衔心，慈乌反哺。”

⑳ **迁乔好鸟，春风花底语关关**　语出《诗·小雅·伐木》：“伐木丁丁，鸟鸣嘤嘤，出自幽谷，迁于乔木。”谓鸟从低处迁往高处。

tóng hú gé yù mén guān nào zhōng qǔ jìng máng lǐ tōu xián
铜壶阁㉑，玉门关㉒。闹中取静㉓，忙里偷闲㉔。
yì chuān wū xiá shuǐ jiǔ qū wǔ yí shān
一川巫峡水㉕，九曲武夷山㉖。
duān shí yàn shēng qú yù yǎn bó shān lú qǐ zhè gū bān
端石砚生鸲鹆眼㉗，博山炉起鹧鸪斑㉘。
bì shì dào rén yǐn lù cān xiá xiāo sú tài qīng chéng měi nǚ níng zhī mǒ fěn chū jiāo yán
避世道人，饮露餐霞消俗态㉙；倾城美女，凝脂抹粉出娇颜㉚。

注解

㉑ **铜壶阁** 宋时古阁名，位于四川成都。[宋]陆游《铜壶阁望月》诗云："铜壶阁上看明月，身在千寻白银阙。"

㉒ **玉门关** 位于甘肃省敦煌市西北，是中国境内连通丝绸之路的重要关隘，在汉朝和唐朝两次建立。[唐]王之涣《凉州词》有"春风不度玉门关"名句。

㉓ **闹中取静** 在热闹的环境中保持清静的心态。[明]冯梦龙《喻世明言》云："人学得闹中取静，才算做真闲。"

㉔ **忙里偷闲** 在忙碌中抽点时间消遣。[宋]陈造《同陈宰黄簿游灵山八首》自注云："宰云：'吾辈可谓忙里偷闲，苦中作乐。'"

㉕ **一川巫峡水** 巫峡：长江三峡之一。位于重庆市巫山县和湖北省巴东县之间。[唐]杨炯《巫峡》诗云："三峡七百里，唯言巫峡长。"

㉖ **九曲武夷山** 武夷山：位于福建省的西北部与江西省东部的交界处。[宋]李纲《九曲溪》诗云："一溪贯群山，清浅萦九曲。"

㉗ **端石砚生鸲鹆眼**　广东端州（今肇庆）是中国传统名砚产地。端砚石质坚硬、细腻，发墨不损。石上有圆形斑点者叫“眼”，亦称“鸲鹆眼”。（见［宋］苏易简《砚谱》）

㉘ **博山炉起鹧鸪斑**　山东博山所产博山炉，是古代焚香器具，炉盖雕镂成山形，山上有羽人、禽兽等形象。

㉙ **避世道人，饮露餐霞消俗态**　饮露餐霞：指修仙学道，过超尘脱俗的仙家生活。［宋］王迈《再和二首》诗云：“笔飞鸾凤墨翻鸦，白玉堂中懒草麻。得句批风仍抹月，怡神饮露更餐霞。”

㉚ **倾城美女，凝脂抹粉出娇颜**　凝脂抹粉：指妇女化妆打扮以彰显自己的美丽容颜。

约同东湖看藕花（清·钱慧安）

「训蒙骈句」探源精解

下卷

一先

qīng lěng jié yàn yáng tiān zūn qián gē wǔ huā
清冷节①，艳阳天②。樽前歌舞③，花

lǐ guǎn xián gāo sōng qī ruì hè bìng liǔ yè hán chán
里管弦④。高松栖瑞鹤⑤，病柳咽寒蝉⑥。

chù chù chā yāng méi wù yǔ jiā jiā sāo jiǎn zhú lí yān qiū
处处插秧梅坞雨⑦，家家缫茧竹篱烟⑧。秋

sè fāng shēng féi shuǐ fēng shuāng bēi lì hè chūn fēng yù mù
色方升，淝水风霜悲唳鹤⑨；春风欲暮，

shǔ shān huā mù yuàn tí juān
蜀山花木怨啼鹃⑩。

注解

① **清冷节** 指寒食节，亦称“冷节”“禁火节”，时在清明节前一二日。春秋时，晋文公重耳为纪念被烧死的恩人介子推，把介子推的忌日定为“寒食节”，每年这天禁忌烟火，只吃冷食。（见《史记·晋世家》）

② **艳阳天** 阳光明媚的春天。［唐］顾况《洛阳行送洛阳韦七明府》诗云：“始上龙门望洛川，洛阳桃李艳阳天。”

③ **樽前歌舞** 语出宋朝欧阳修《千叶红梨花》中“风轻绛雪樽前舞”。樽前：酒樽之前。

④ **花里管弦** 语出宋朝张抡《鹧鸪天·鹤驭来从玉席前》中“花里年年醉管弦”。

⑤ **高松栖瑞鹤** 瑞鹤：象征吉祥之鹤，也指仙鹤。［唐］王仁裕《题

麦积山天堂》诗云:“蹑尽悬空万仞梯，等闲身共白云齐。檐前下视群山小，堂上平分落日低。绝顶路危人少到，古岩松健鹤频栖。”

⑥ **病柳咽寒蝉** 寒蝉:晚秋时不再鸣叫或叫声低微的蝉。[元]卢挚《沉醉东风·题红叶清流御沟》曲云:“冷清清暮秋时候，衰柳寒蝉一片愁。”

⑦ **处处插秧梅坞雨** 梅坞雨:即梅雨。[宋]陆游《初夏怀故山》诗云:“梅雨晴时插秧鼓,蘋风生处采菱歌。”

⑧ **家家缫茧竹篱烟** [宋]苏轼《浣溪沙·徐门石潭谢雨道上作》词云:“谁家煮茧一村香。隔篱娇语络丝娘(缫丝女子)。”

⑨ **秋色方升，淝水风霜悲唳鹤** 东晋时，秦主苻坚率众攻晋，列阵淝水，谢玄等率精兵击破秦军。秦军在溃退途中，丢盔弃甲，一片混乱，自相践踏而死的不计其数。侥幸逃脱的士兵，听到呼呼的风声和鹤的鸣叫声，都以为是晋军追来，拼命奔逃。晋军取得了“淝水之战”的重大胜利。这就是“风声鹤唳”典故的由来。(见《晋书·谢玄传》)

⑩ **春风欲暮，蜀山花木怨啼鹃** 神话传说，战国时期，蜀主杜宇，号望帝，他命令鳖灵开凿巫山治水。鳖灵治水功高，望帝自以德薄，效法尧舜，禅位于鳖灵，帝号“开明”。望帝遂隐于西山。后来，鳖灵居功自傲，独断专行，以致失国。望帝痛悔而死，其魂化为鹃鸟，飞进帝都，登枝悲鸣，泪尽继而泣血。蜀民问它是谁，它说“我望帝魄也”。蜀民故称鹃鸟为“杜鹃”，又名“子规”。(见《华阳国志·蜀志》)

hóng xìng yǔ　lǜ yáng yān　tíng huā yí mèng　jìn
红杏雨[11]，绿杨烟[12]。庭花一梦[13]，禁
liǔ sān mián　yàn lěng bīng tuán jié　lián shū yuè yǐng chuān
柳三眠[14]。砚冷冰团结[15]，帘疏月影穿[16]。
yǐn shì bù huāng sān jìng jú　měi rén cháng cǎi yì xī lián
隐士不荒三径菊[17]，美人常采一溪莲[18]。
áo zhàn jiāng jūn　yí dào jiǎ guāng xián xuě liàng　kǎi gē shì zú
鏖战将军，一道甲光衔雪亮；凯歌士卒，
qiān qún mǎ sè jié yún xiān
千群马色截云鲜[19]。

注解

⑪ **红杏雨**　也叫“清明雨”，它会打落盛开的杏花。[宋]项安世《寒食舆病至城西再续去年之咏》诗云：“冉冉飞来红杏雨，又到去年花落处。”

⑫ **绿杨烟**　绿杨在晓雾弥漫之中，如烟萦绕，略呈寒意。[宋]宋祁《木兰花·春景》诗云：“绿杨烟外晓寒轻，红杏枝头春意闹。”春日杨柳如烟，杏花鲜艳，景象热闹生动。

⑬ **庭花一梦**　唐代诗人杜牧《泊秦淮》诗云：“烟笼寒水月笼沙，夜泊秦淮近酒家。商女不知亡国恨，隔江犹唱后庭花。”写他游秦淮（今南京）时，听见歌女还在轻荡地唱和南朝陈后主陈叔宝的靡靡亡国旧曲——《玉树后庭花》。他哀叹这些无知歌女连亡国恨都不懂，还唱这种亡国之音！其实他是在讥讽晚唐群臣沉湎酒色，警示他们前朝败亡的教训很快就会像做梦一样降临。

⑭ **禁柳三眠**　《三辅旧事》云：“汉苑中有柳，状如人形，号曰‘人柳’，一日三眠三起。”

⑮ **砚冷冰团结** 这是宋朝徐集孙《杜北山同石峰僧来访》中“砚冷带冰磨”诗句的化用。

⑯ **帘疏月影穿** 这是宋代陈三聘《浣溪沙》中“帘押低垂月影疏”词句的化用。

⑰ **隐士不荒三径菊** 刚直的陶渊明辞官回乡隐居，重操耕种旧业。在其《归去来兮辞》中写道：“乃瞻衡宇，载欣载奔。童仆欢迎，稚子候门。三径就荒，松菊犹存。携幼入室，有酒盈樽。引壶觞以自酌，眄庭柯以怡颜。倚南窗以寄傲，审容膝之易安。”

⑱ **美人常采一溪莲** 浙江绍兴的越溪是当年西施浣纱、采莲的地方，也是后代采莲女常往的地方。宋朝释智圆《西施篇》诗云：“采莲越溪上，皆谓寻常女。”

⑲ **鏖战将军，一道甲光衔雪亮；凯歌士卒，千群马色截云鲜** 这两句是明朝徐渭《驾归自阅群望于衢恭赋》中“一道甲光将雪借，千群马色截云鲜”诗句的化用。鏖战：激烈的战斗。

采莲（邓芬）

jūn chén yào zǐ mǔ qián kè fú zhì guǐ zhù dǐng shēng xiān zhú nú rán bào suǐ jiàn kè wǔ lóng quán zhú sǔn shuāng shēng zhì dú jiǎo jué yá tū chū xiǎo ér quán zhěn shàng huái rén mèng duàn hái sī qīng guó sè tíng qián jiàn kè jiǔ lán gèng zèng rào cháo biān

君臣药⑳，子母钱㉑。刻符制鬼㉒，铸鼎升仙㉓。烛奴燃豹髓㉔，剑客舞龙泉㉕。竹笋双生稚犊角，蕨芽突出小儿拳㉖。枕上怀人，梦断还思倾国色㉗；庭前饯客，酒阑更赠绕朝鞭㉘。

注解

⑳ **君臣药** 指中医方剂中的主药与辅药。药物起主治作用的为君，起辅佐作用的为臣。（见《素问·至真要大论》）

㉑ **子母钱** 即青蚨钱。传说，南方有一种青蚨虫，母与子永不分离。如以母血涂在钱上，以子血涂在另一些钱上，到市场购物，不管是先用母钱，还是先用子钱，钱都会再飞回来。（见［晋］干宝《搜神记》）［唐］许浑《赠王山人》诗云："君臣药在宁忧病，子母钱成岂患贫。"

㉒ **刻符制鬼** 据《后汉书·方术传》记载：河南有个叫麹圣卿的，能够用丹笔画符，杀死鬼神并驱使鬼神。

㉓ **铸鼎升仙** 传说，黄帝采首山（在河南襄城县南）之铜，铸鼎于荆山之下，鼎既成，有龙垂胡髯下迎黄帝升仙。（见《史记·封禅书》）

㉔ **烛奴燃豹髓** 烛奴：燃烛灯台。《洞冥记》载："帝既耽于（沉迷于）灵怪，尝得丹豹之髓，白凤之膏，磨青锡为屑，以淳苏油和之，照于神坛，夜暴雨，火光不灭。"后以"豹髓"指名贵的蜡烛。

㉕ **剑客舞龙泉** 龙泉：宝剑名。[宋]陆游《剑客行》诗云："我友剑侠非常人，袖中青蛇（宝剑名）生细鳞。腾空顷刻已千里，手决风云惊鬼神。"

㉖ **竹笋双生稚犊角，蕨芽突出小儿拳** 刚冒出地面的竹笋像黄牛角；刚突出地面的蕨芽似小儿拳。这两句是宋朝黄庭坚《观化十五首》中"竹笋初生黄犊角，蕨芽已作小儿拳"诗句的化用。

㉗ **枕上怀人，梦断还思倾国色** 这是唐朝白居易《长恨歌》中"汉皇重色思倾国，御宇多年求不得"诗句的化用。杨贵妃死后，唐玄宗做梦也在思念她，"悠悠生死别经年，魂魄不曾来入梦"。遂命临邛道士"殷勤觅"。道士"升天入地"皆不见。忽闻海上有仙山，道士终于看到杨贵妃在虚无缥缈的海上仙境中再现。

㉘ **庭前饯客，酒阑更赠绕朝鞭** 绕朝鞭：亦作"绕朝策"。绕朝，秦国大夫。鞭，鞭策之意。春秋时期晋国大夫士会奔秦国求用。晋人怕秦主任用士会，乃使魏寿余假装成魏国叛徒而入秦，诱士会返晋。诱计得逞，士会欲行时，秦国大夫绕朝赠士会以策，曰："子无谓秦无人，吾谋适不用也（您别以为秦国无高人，只是我的谋略不被采用）。"后以"绕朝鞭"喻指有先见的谋略。

二萧

hóng sháo yào　lǜ bā jiāo　xìng huā rǎn rǎn　fēng

红芍药①，绿芭蕉②。杏花冉冉③，枫

yè xiāo xiāo　yún kāi shān jiàn miàn　xuě huà zhú shēn yāo

叶萧萧④。云开山见面⑤，雪化竹伸腰⑥。

wǔ shì zhàn zhēng pī tiě jiǎ　měi rén gē wǔ duò jīn qiáo

武士战争披铁甲⑦，美人歌舞堕金翘⑧。

huái gǔ bú wàng　qǐ zài tāng pán bìng zhōu dǐng　dú shū zuì

怀古不忘，岂在汤盘并周鼎⑨；读书最

lè　hé fēn zēng sè yǔ yán piáo

乐，何分曾瑟与颜瓢⑩。

注解

① **红芍药**　芍药有红白粉紫各色。［唐］元稹《红芍药》诗云：“芍药绽红绡，巴篱织青琐。繁丝蹙金蕊，高焰当炉火。”

② **绿芭蕉**　［宋］蒋捷《一剪梅·舟过吴江》词云：“流光容易把人抛，红了樱桃，绿了芭蕉。”

③ **杏花冉冉**　这是宋朝曹组《青门饮》中“冉冉黄花”诗句的化用。冉冉：柔软下垂的样子。

④ **枫叶萧萧**　这是宋朝苏钦《九座山中即事》中“枫叶萧萧乌夜啼”诗句的化用。萧萧：拟声词，形容树叶被风吹落的声音。

⑤ **云开山见面**　乌云散开，即可看到山的真面目。［宋］释如净《偈颂》诗云：“云开山岳露。”

⑥ **雪化竹伸腰** 竹子上的积雪融化，弯竹即可挺直。这是唐朝白居易《夜雪》“夜深知雪重，时闻折竹声”诗句的反义化用。

⑦ **武士战争披铁甲** 这是唐朝王昌龄《从军行》中“黄沙百战穿金甲”诗句的化用。

⑧ **美人歌舞堕金翘** 这是唐朝白居易《东南行一百韵》中“歌鬟低翠羽，舞汗堕红珠”诗句的化用。金翘：金制的一种妇女首饰，形如鸟尾上的长羽。

⑨ **怀古不忘，岂在汤盘并周鼎** 汤盘：商汤的沐浴之盘，上面刻有“苟日新，日日新，又日新”的警戒铭文。意思是：如果能每天除旧更新，就要持之以恒，不断革新。周鼎：周朝传国的九鼎。借指国家政权。上有贪食的猛兽头像纹饰，称为“饕餮纹”。告诫当政者不要贪得无厌。

⑩ **读书最乐，何分曾瑟与颜瓢** 曾瑟：曾点弹的瑟。颜瓢：颜回饮水瓢。曾点和颜回都是孔子的得意学生。曾点学道之趣是：阳春暖月，与五六个同龄青年带着六七个童子到沂水河洗浴，在祭天祷雨台上吹吹风，唱着歌儿归来。颜回学道之乐是：吃一小筐饭，喝一瓢水，住简陋的小屋，吃别人受不了的苦。

芍药（清·吴昌硕）

cái shòu jǐn jiǎn jiāo xiāo gēng yún yě lǎo wò
裁兽锦⑪，剪鲛绡⑫。耕云野老⑬，卧
xuě shān liáo zhū lián zhòu bàn juǎn yín zhú yè gāo shāo
雪山寮⑭。珠帘昼半卷⑮，银烛夜高烧⑯。
chí zhòu wū zhuī néng zhì yuǎn mián mán huáng niǎo shí qiān
驰骤乌骓能致远⑰，绵蛮黄鸟识迁
qiáo xué shì cān chán zuò nèi hé dāng liú yù dài zhé xiān
乔⑱。学士参禅，座内合当留玉带⑲；谪仙
ài yǐn zūn qián bù xī jiě jīn diāo
爱饮，樽前不惜解金貂⑳。

注解

⑪ **裁兽锦** 兽锦：织有兽形图案的锦绣。［南朝梁］刘邈《秋闺》诗云："灯前量兽锦，檐下织花纹。"

⑫ **剪鲛绡** 鲛绡：传说中鲛人所织的轻薄丝织物。传说，南海有鲛人，水居如鱼，眼能泣珠。不停织绡，常出卖绡帐。绡帐轻疏透明，冬天寒风不入，夏天能生凉气。（见［晋］张华《博物志》）

⑬ **耕云野老** 这是隐士躬耕垂钓生活的浪漫写照。传说，宋神宗时，高士管师复隐居于龙泉县白云岩下樟村。神宗皇帝欲授其官职，管师复不仕。神宗问他打算靠什么生活，管答："满坞（有水的稻田）白云耕不破，一潭明月钓无痕。"意思是，天上白云倒映于清水田，犁铧从白云上过去，水面恢复平静后，白云依然完整，未被耕破；鱼钩抛进映着明月的水塘，明月不会留下被钩破的痕迹。表示自己将以耕田钓鱼为生。

⑭ **卧雪山寮** 山寮：山中棚屋。［元］袁桷《送雪窦长老校经回里》诗云："尘中白发谁消得，归掩山寮听雪涛（波涛）。"

⑮ **珠帘昼半卷** 这是宋朝陆游《夜游宫》中“宴罢珠帘半卷”词句的化用。

⑯ **银烛夜高烧** 这是宋朝苏轼《海棠》中“只恐夜深花睡去，故烧高烛照红妆”诗句的化用。

⑰ **驰骤乌骓能致远** 乌骓：西楚霸王项羽的坐骑，号称天下第一骏马。有了这匹马，项羽在巨鹿之战中，以少胜多；力战六十多员秦将，霸王枪未点地，马未倒退半步，霸王身经百战无有败绩。“数年以来，［乌骓］所向无敌，尝一日行千里。”（见［明］甄伟《西汉演义》）

⑱ **绵蛮黄鸟识迁乔** 黄鸟知道选择合适的寓所。缗蛮：同“绵蛮”，鸟鸣声。迁乔：迁到新栖处。语出《诗经·缗蛮》：“缗蛮黄鸟，止于丘隅（山岭树多的所在）。”［唐］郑愔《咏黄莺儿》诗云：“欲转（同‘啭’）声犹涩，将飞羽未调。高风不借便，何处得迁乔。”

⑲ **学士参禅，座内合当留玉带** 参禅：习禅者为求开悟而向佛寺禅师求教。大学士苏东坡常到金山寺和他的老朋友佛印斗嘴赌输赢。有一回，苏东坡到金山寺参禅，欲以佛印禅师修成的“四大五蕴”之身为座。佛印禅师说：“我四大（以地、水、火、风所代表的坚硬、湿润、温热、流动物质的四种性质）本空，五蕴（色、受、想、行、识这五蕴）非有，请问学士要坐在哪里呢？”苏东坡无话对答，只好把玉带输给了佛印禅师，该玉带成为金山寺镇寺之宝。

⑳ **谪仙爱饮，樽前不惜解金貂** 谪仙：指李白。金貂：本指汉朝以后皇帝左右侍臣的冠饰。《晋书·阮孚传》说阮孚尝以金貂换酒。这个对句中的“金貂”，是指李白用贵重貂皮制成的衣裘换酒。李白在《将进酒》长诗中曾写道：“五花马，千金裘，呼儿将出（拿出去）换美酒，与尔同销（同‘消’）万古愁。”阮孚用金貂换酒。李白和他的酒友也常用朝廷配给自己的名贵宝马、价值千金的貂皮裘，以及高官的金龟佩饰（一说是金质官印）换酒为乐。例如，李白在《对酒忆贺监诗序》中写道：“太子宾客贺公（贺知章），于长安紫极宫一见余，呼余为谪仙人，因解金龟换酒为乐。”

chéng wǔ mǎ　guàn shuāng diāo　xián kàn jì wǔ
乘五马㉑，贯双雕㉒。闲看妓舞㉓，

xì tīng tóng yáo　zhuāng guī shān kè jié　dù yǐ zhú biān
细听童谣㉔。庄龟山刻节㉕，渡蚁竹编

qiáo　chuān huā bái dié shuāng fēi jí　cáng yè huáng lí bǎi
桥㉖。穿花白蝶双飞急㉗，藏叶黄鹂百

zhuàn jiāo　rì lì yuàn lín　diǎn diǎn méi zhuāng sòng zhǔ é
啭娇㉘。日丽苑林，点点梅妆宋主额㉙；

fēng yáng gōng yuàn　xiān xiān liǔ wǔ chǔ é yāo
风扬宫院，纤纤柳舞楚娥腰㉚。

注解

㉑ **乘五马**　古代高官乘坐四匹马拉的高篷车，谓之“驷马高车”。汉代太守乘坐由五匹马拉的车子，故以“乘五马”为太守的代称。汉乐府诗《陌上桑》云：“使君从南来，五马立踟蹰（徘徊不前）。”

㉒ **贯双雕**　一箭双雕。贯：射穿。隋代长孙晟、唐代高骈都有一箭双雕的传说。《续景德传灯录·慧海仪禅师》云：“万人胆破沙场上，一箭双雕落碧空。”

㉓ **闲看妓舞**　［唐］刘禹锡《蜀先主庙》诗云：“凄凉蜀故妓，来舞魏宫前。”

㉔ **细听童谣**　童谣：儿童传唱的歌谣。［宋］黄庭坚《定风波》词云：“上客休辞酒浅深，素儿歌里细听沈。”

㉕ **庄龟山刻节**　《庄子·秋水》载：庄子在濮水垂钓时，楚王派两个大臣来邀请庄子为楚国效力。庄子说：“听说楚国有一神龟，已死三千年了，楚王还把它珍藏在华贵的宗庙里供着，显示尊贵……你们走吧，我宁愿拖着尾巴活在泥水里。”山刻节：应是“山节藻棁”的省称。山节藻棁，形容

庙饰豪华奢侈。山节，刻成山形的斗拱；藻棁，画有藻文的梁上短柱。

㉖ **渡蚁竹编桥** 宋朝宋郊宋祁两兄弟去参加科举考试时，路遇相面僧人。僧人大惊，说哥哥宋郊像是曾经救活过十多万条生命。宋郊说："我是个穷书生，有何财力救人？"在僧人追问下，宋郊笑着说："想起来了，有一回下大雨，书房边蚁穴中的蚂蚁被水围困，我编了个竹桥让蚂蚁渡去。"僧人说："这就对了。你做了件大好事，你弟兄一定能考中状元！"天圣二年（1024），二宋同举进士。（见《类说·遁斋闲览》）

㉗ **穿花白蝶双飞急** 这是南朝梁刘孝绰《咏素蝶诗》中"出没花中见，参差叶际飞"诗句的化用。白蝶：即素蝶。

㉘ **藏叶黄鹂百啭娇** 这是唐代杜甫《蜀相》中"隔叶黄鹂空好音"诗句的化用。

㉙ **日丽苑林，点点梅妆宋主额** 南朝宋武帝女儿寿阳公主，正月初七卧于含章殿檐下，有梅花落到公主额上，拂之不去，后来公主额上留下了五个花瓣的印记。自此以后，女人多有描梅花状于额上为饰者。（见《太平御览·杂五行书》）

㉚ **风扬宫院，纤纤柳舞楚娥腰** 从前，楚灵王喜欢他的臣子有纤细的腰身，所以朝中大臣，为节制腰身，每天只吃一顿饭；整装时，先屏吸收肚，束紧腰带，扶着墙站起来。一年后，满朝文武官员脸色又黄又黑，有的被饿死。（见《墨子·兼爱中》）

花蝶图（近代·程璋）

三 肴

xián bó yì xǐ huī cháo tài gōng wèi shuǐ yī
闲博弈[①]，喜诙嘲[②]。太公渭水[③]，伊
yǐn shēn jiāo kuí kāi xīng xuè rǎn sǔn chū hǔ pí bāo
尹莘郊[④]。葵开猩血染[⑤]，笋出虎皮包[⑥]。
jiē xià tái shēng zhē yǐ xué xī biān liǔ fā bì yīng cháo
阶下苔生遮蚁穴[⑦]，溪边柳发蔽莺巢[⑧]。
cái zǐ xī yóu dùn jué huā xiāng suí mǎ zú yù rén gē wǔ
才子嬉游，顿觉花香随马足[⑨]；玉人歌舞，
bù zhī yuè yǐng zhuǎn huā shāo
不知月影转花梢[⑩]。

注解

① **闲博弈** 博：古代一种赌输赢的游戏，与棋相仿。弈：指围棋。《论语·阳货》云：“子路曰：‘饱食终日，无所用心，难矣哉！不有博弈者乎？为之，犹贤乎已（也算好的啊）。’”

② **喜诙嘲** 诙嘲：亦作“谐嘲”，诙谐嘲弄。［唐］韩愈《送灵师》诗云：“饮酒尽百盏，嘲谐思逾鲜。”

③ **太公渭水** 指姜子牙晚年在渭水钓鱼，后被周文王用为军师。（见《史记·齐太公世家》）

④ **伊尹莘郊** 伊尹原是有莘国奴隶主贵族的厨师，他作为有莘王女儿的陪嫁奴隶来到商汤手下。后被汤委以国政，辅佐汤灭了几个小国，最后灭了夏桀王，建立了商王朝。（见《史记·殷本纪》）

⑤ **葵开猩血染** 葵：指葵菜，又名冬苋菜，古诗中多有描述。葵菜花开，像猩猩血染的一样鲜红。猩血：借指鲜红色。

⑥ **笋出虎皮包** 食笋长成，像斑斑虎皮包着一层层。［宋］曾几《食笋》诗云："虎豹斑斑雾雨余。"

⑦ **阶下苔生遮蚁穴** 阶下生长起来的苔藓盖住了蚂蚁窝。

⑧ **溪边柳发蔽莺巢** 河边柳树新长出的叶子遮住了黄莺巢。

⑨ **才子嬉游，顿觉花香随马足** 才子游春归来，忽觉马蹄仍有花香味。传说宋代举行绘画比赛，画题是一句诗"踏花归去马蹄香"。参赛者都画了骑马扬鞭人，多数又加了满地的落花。只有一人仅在马蹄旁画上几只蝴蝶飞舞，以示扑花香。

⑩ **玉人歌舞，不知月影转花梢** 美人唱歌跳舞，竟不知月亮已上树梢。这是宋朝李复《别鹤曲》中"寒月影移庭树枝"诗句的化用。

踏花归来（局部）（清・吴友如）

fēi yǔ xí xù luán jiāo lín liú sù niǎo yuān fā
飞羽檄⑪，续鸾胶⑫。林留宿鸟⑬，渊发
qián jiāo xún fāng lái qū jìng shí cuì dào píng jiāo chàng
潜蛟⑭。寻芳来曲径⑮，拾翠到平郊⑯。唱
chè bù jiāng shī bǎn jī zuì lái huán bǎ jiǔ hú qiāo chūn
彻不将诗板击⑰，醉来还把酒壶敲⑱。春
nuǎn ní róng yàn yǔ fēng guāng fú cǎo jì yè qīng yún sàn
暖泥融，燕语风光浮草际⑲；夜清云散，
juān tí yuè sè yìng huā shāo
鹃啼月色映花梢⑳。

注解

⑪ **飞羽檄** 军事文书，插鸟羽速递，以示紧急。三国时，吴国重臣韦昭所造鼓曲《秋风》歌词云：“边陲飞羽檄，寇贼侵界疆。”

⑫ **续鸾胶** 《十洲记·凤麟洲》载，西海中有凤麟洲，多仙家，煮凤喙麟角合煎作膏，能续弓弩已断之弦，名续弦胶，亦称“鸾胶”。后多用以比喻续娶后妻。

⑬ **林留宿鸟** 这是唐朝卢纶《郊居对雨寄赵涓给事包佶郎中》中“繁枝留宿鸟”诗句的化用。

⑭ **渊发潜蛟** 这是汉朝刘向《新序·善谋下》中“神蛟济于渊”句的化用。

⑮ **寻芳来曲径** 这是唐朝常建《题破山寺后禅院》中“曲径通幽处，禅房花木深”诗意的化用。

⑯ **拾翠到平郊** 拾翠：妇女春游采拾花草。[元]赵善庆《落梅春·暮春》曲云：“寻芳宴，拾翠游，杏花寒禁烟时候。”

⑰ **唱彻不将诗板击** 吟唱完毕不敲击诗板，即不继续吟诗或题诗。唱彻：唱完。诗板：题上诗的木板。古人常把自己的诗写到木板上供人欣赏。［唐］张祜《题灵彻上人旧房》诗云："寂寞空门支道林，满堂诗板旧知音。"

⑱ **醉来还把酒壶敲** 喝醉了还在敲打酒壶要酒。［宋］张耒《自南京之陈宿柘城》诗云："夜敲僧室借酒壶，不惜青钱取次沽。"

⑲ **春暖泥融，燕语风光浮草际** 春暖泥软，燕子喃喃叫着到水草边衔泥。这是唐代杜甫《绝句二首》中"泥融飞燕子"和南朝齐谢朓《和徐都曹出新亭渚诗》中"风光草际浮"诗句的化用。

⑳ **夜清云散，鹃啼月色映花梢** 云散夜静，杜鹃在月光照耀下的花梢上啼叫。

柳丝春燕（清·王震）

tiāo yě cài jiàn shān yáo zhù tái lěi tǔ jié wū

挑野菜㉑，荐山肴㉒。筑台垒土㉓，结屋

zhū máo hè suí jī gòng lì jiū yǔ què zhēng cháo yùn

诛茅㉔。鹤随鸡共立㉕，鸠与鹊争巢㉖。运

jì jūn chén yú dé shuǐ jiāo shēn péng yǒu qī tóu jiāo gōng

际君臣鱼得水㉗，交深朋友漆投胶㉘。攻

kǔ shū láng bù gǎn guāng yīn róng yì zhì nài qín xiù nǚ màn

苦书郎，不敢光阴容易掷㉙；耐勤绣女，漫

jiāng chūn sè děng xián pāo

将春色等闲抛㉚。

注解

㉑ **挑野菜** 唐朝诗人杜荀鹤，抨击唐代宗乱征丝税、青苗税，民不聊生，写了一首《山中寡妇》：“桑柘废来犹纳税，田园荒后尚征苗。时挑野菜和根煮，旋斫生柴带叶烧。”

㉒ **荐山肴** 山肴：用珍贵的山野鸟兽做的菜。［宋］刘宰《代赋三十韵呈李果州》诗云：“提携瓶酒味苦短，黄独（土芋子，穷人掘以充粮）屡荐山肴甘。”

㉓ **筑台垒土** 筑台：建筑高台。《老子》六十四章云：“九层之台，起于累土（累，通‘垒’，堆积）。”

㉔ **结屋诛茅** 剪茅草造房子。［宋］赵师侠《促拍满路花·瑞荫亭赠锦屏苗道人》云：“扫尽荆榛蔽，结屋诛茅，道人一段家风。”

㉕ **鹤随鸡共立** 即“鹤立鸡群”。比喻一个人的仪表或才能超群。《艺文类聚》卷九十引［晋］戴逵《竹林七贤论》云：“嵇绍（嵇康之子）

入洛，或谓王戎曰：‘昨于稠人中始见嵇绍，昂昂然若野鹤之在鸡群。’”

㉖ **鸠与鹊争巢** 即“鸠占鹊巢”。斑鸠笨拙，不会筑巢，常强占喜鹊的巢而居。比喻强占别人的住屋。《诗经·召南·鹊巢》：“维雀有巢，维鸠居之。”

㉗ **运际君臣鱼得水** 《三国志·诸葛亮传》：“先主解之曰：‘孤之有孔明，犹鱼之有水也。’”

㉘ **交深朋友漆投胶** 春秋时期，齐人管仲与鲍叔牙二人友善，相知很深。齐桓公要委任护卫自己回国即位的鲍叔牙为宰相，鲍叔牙却向桓公举荐了当年差点要了齐桓公性命的管仲为齐相，位在鲍叔牙之上，使齐国得以称霸。管仲知恩，常说：“生我者父母，知我者鲍子也。”后人以“管鲍交”作为交谊深厚之典。（见《史记·管仲列传》）

㉙ **攻苦书郎，不敢光阴容易掷** 古人勉励青少年努力向上的诗文很多。汉乐府《长歌行》云：“少壮不努力，老大徒伤悲。”［唐］方干《送从兄部》诗云：“流年莫虚掷，华发不相容。”［唐］王贞白《白鹿洞》诗云：“读书不觉已春深，一寸光阴一寸金。”［宋］朱熹《劝学诗》诗云：“少年易老学难成，一寸光阴不可轻。”

㉚ **耐勤绣女，漫将春色等闲抛** 古人勉励青少年惜春的诗文也很多。［元］元好问《玉楼春·惜花长被花枝恼》词云：“少年恰是惜春时。”［明］唐寅《惜花春起早》诗云：“海棠庭院又春深，一寸光阴万两金。”［唐］无名氏《金缕衣》诗云：“劝君莫惜金缕衣，劝君须惜少年时。有花堪折直须折，莫待无花空折枝。”

竹林七贤图（清·改琦）

四豪

cháng jiǔ zhài zòng shī háo pēng chá chuò shū
偿酒债[①]，纵诗豪[②]。烹茶啜菽[③]，
zhěn qū jí zāo lí fāng hóng mù jǐn jià niǎo zǐ pú táo
枕曲藉糟[④]。篱芳红木槿[⑤]，架袅紫葡萄[⑥]。
yuǎn zhàng yǔ yú lán qì zhòng bàn tiān yún jìng yuè lún gāo
远障雨余岚气重[⑦]，半天云净月轮高[⑧]。
qióng rù cán qiū huà gé xiāng xié chuī yǐn dí jī míng bàn
蛩入残秋，画阁相偕吹蚓笛[⑨]；鸡鸣半
yè hán guān céng dù qiè hú páo
夜，函关曾度窃狐袍[⑩]。

注解

①**偿酒债** 偿还酒债。酒债：因赊饮所负的债。[汉]孔融《失题》诗云："归家酒债多，门客粲几行。高谈满四座，一日倾千觞。"[唐]元稹《代郡斋神答乐天》诗云："为报何人偿酒债，引看墙上使君诗。"

②**纵诗豪** 诗豪：诗人中出类拔萃者。白居易称刘禹锡为"诗豪"。中国诗圣是杜甫，诗仙是李白，诗鬼是李贺，诗佛是王维，诗杰是王勃，诗奴是贾岛，诗狂是贺知章，诗骨是陈子昂。

③**烹茶啜菽** 煮茶吃豆粥。形容生活清苦。烹：煮或沏。啜：吃。菽：豆类。《荀子》云："君子啜菽饮水，非愚也，是节然也。"

④**枕曲藉糟** 枕着酒曲，垫着酒糟。形容嗜酒，醉酒。《晋书·刘伶传》云："先生（指刘伶）于是方捧瓮承糟，衔杯漱醪，奋髯箕踞，枕曲藉糟，

无思无虑，其乐陶陶。”

⑤ **篱芳红木槿** 庭院周围是用红木槿花扎成的篱笆。木槿：是一种在庭院很常见的灌木花种。

⑥ **架袅紫葡萄** 架上绕满了紫葡萄。这是唐朝沈佺期《奉和春日幸望春宫应制》中“葡萄百丈蔓初萦”和宋朝陆游《秋思》中“露浓压架葡萄熟”诗句的化用。

⑦ **远障雨余岚气重** 雨到尾声，远山雾气腾腾。雨余：就是雨的尾声。岚气：山中蒸发的雾气。

⑧ **半天云净月轮高** 夜空无云，月亮显得特别高远。

⑨ **蛩入残秋，画阁相偕吹蚓笛** 残秋夏夜，蟋蟀蚯蚓在华丽的楼阁周围相继鸣吟。画阁：彩绘华丽的楼阁。蚓笛：传说蚯蚓夏夜能发出鸣声，谓之吲曲或蚓笛。

⑩ **鸡鸣半夜，函关曾度窃狐袍** 战国时期，齐湣王使孟尝君入秦，以狐白裘献秦昭王。昭王先欲以孟尝君为秦相，后又囚孟尝君，欲杀之。孟尝君令门客中能学狗盗者盗回狐白裘，转献给昭王幸姬求救。幸姬得裘，劝言昭王释放了孟尝君。孟尝君得出，即驰去，夜半至函谷关。昭王后悔放出孟尝君，又遣人追捕。孟尝君至关，关法规定鸡鸣才放关，孟尝君乃令门客中能学鸡鸣者引鸡齐鸣，守关人遂开关送客。（见《史记·孟尝君列传》）

chūn niǎo chàng wǎn chán cáo bàng lián fēi què

春鸟唱[11]，晚蝉嘈[12]。傍帘飞雀[13]，

shēng mù jiào náo chén fēn zhān mǎ zú fēng lì gǔ hóng

升木教猱[14]。尘氛沾马足[15]，风力鼓鸿

máo shàng biǎo chén qíng chuán lǐ mì tóu shī miǎn yì shuì

毛[16]。上表陈情传李密[17]，投诗免役说

rén tāo luó jì qīng nóng yě wài wǎn shān chuí wàn rèn yā

任涛[18]。螺髻青浓，野外晚山垂万仞[19]；鸭

tóu lǜ nì xī zhōng chūn shuǐ zhǎng sān gāo

头绿腻，溪中春水长三篙[20]。

注解

⑪ **春鸟唱** ［唐］孟浩然《春晓》诗云：“春眠不觉晓，处处闻啼鸟。”

⑫ **晚蝉嘈** ［宋］张辑《念奴娇》词云：“系船高柳，晚蝉嘶破愁寂。”

⑬ **傍帘飞雀** 野雀在帘旁飞来飞去。［元］王冕《樊笼雀》诗云：“野雀不向山林宿，如何却傍人家屋？山林怕遭罗网围，人家又恐人驱逐。”

⑭ **升木教猱** 语出《诗经·小雅·角弓》“毋教猱升木”。猱：猕猴，天生擅长攀爬树木，有下山偷农家东西的恶习。“教猱升木”比喻唆使、引导恶人做坏事。

⑮ **尘氛沾马足** 扬起尘土沾满马蹄。尘氛：指灰尘烟雾。

⑯ **风力鼓鸿毛** 风力鼓起鸿毛飞天。鸿毛：鸿雁的毛，比喻事物轻微或不足道。

⑰ **上表陈情传李密** 《陈情表》是西晋李密写给晋武帝的奏章。晋武帝征召李密为太子洗马，李密不愿应诏，就上奏章陈情，说自己的祖母抚育自己有大恩，自己应该报养祖母。除了感谢朝廷的知遇之恩外，又倾诉

自己不能从命的苦衷，真情流露，言辞恳切。该文被认定为中国文学史上抒情文的代表作之一，有“读诸葛亮《出师表》不流泪者不忠，读李密《陈情表》不流泪者不孝”的说法。

⑱ **投诗免役说任涛** 唐代诗人任涛，今江西高安人，以擅章句闻名。然而科举屡试不中。常侍李骘廉察江西，赞赏涛诗，说道：“任涛奇才也，何故不成名？会当荐之。”特予免除任涛的乡里杂役。有乡人对此不满，议论纷纷，骘乃判曰：“江西境内，凡写诗赶得上任涛者，都免役。”（见［元］辛文房《唐才子传》）

⑲ **螺髻青浓，野外晚山垂万仞** 形容高山青翠，宛如发髻一样浓腻。千仞：形容极高或极深。古以八尺为一仞。［明］刘基《彭泽阻风》诗云：“两峰对拥青螺髻，孤月初生白玉钩。”

⑳ **鸭头绿腻，溪中春水长三篙** 鸭头：碧波。形容溪映青山，水像鸭头一样浓绿。［宋］苏辙《泛溟水》诗云：“半篙春水花千片，八尺轻船酒一壶。”［宋］苏轼《清远舟中寄耘老》诗云：“觉来满眼是湖山，鸭绿波摇凤凰影。”

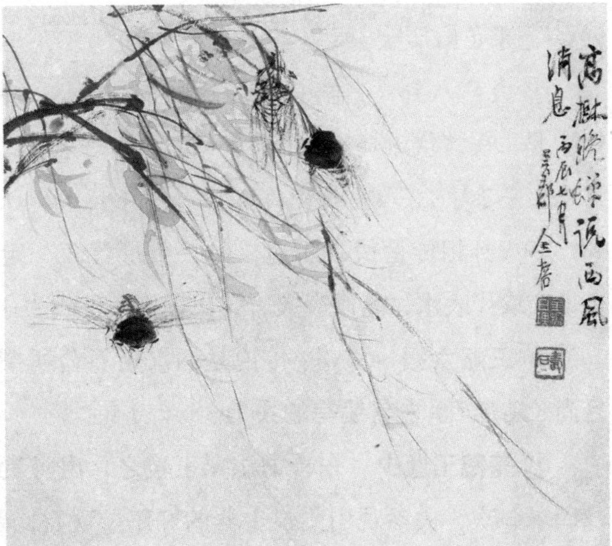

高树晚蝉图（近现代·金榕）

chéng bǎo mǎ　chè jīn áo　jiǔ gōng bā guà　sān
乘宝马㉑，掣金鳌㉒。九宫八卦㉓，三
lüè liù tāo　lǒng é wáng yì shào　xiàng mǎ jiǔ fāng gāo
略六韬㉔。笼鹅王逸少㉕，相马九方皋㉖。
chuāng xià yuán qín tán gǔ diào　zūn qián jiǎn zhú dú lí sāo
窗下援琴弹古调㉗，樽前剪烛读离骚㉘。
bà guān qíng xián　táo shì mén qián zāi wǔ liǔ　chú shì jì miào
罢官情闲，陶氏门前栽五柳㉙；除士计妙，
qí gōng tíng nèi cì shuāng táo
齐公庭内赐双桃㉚。

注解

㉑ **乘宝马**　宝马：名贵之马。[宋]辛弃疾《青玉案·元夕》词云："宝马雕车香满路。"

㉒ **掣金鳌**　金鳌：神话里生活在海中的金色巨龟。[唐]王建《宫词》云："蓬莱正殿压金鳌。"

㉓ **九宫八卦**　九宫是排局的框架和阵地，是洛书与后天八卦的结合。依次是：一宫坎（北），二宫坤（西南），三宫震（东），四宫巽（东南），五宫中（寄于坤），六宫乾（西北），七宫兑（西北），八宫艮（东北），九宫离（南）。八卦相传是伏羲所造，每一卦形代表一定的事物：乾代表天，坤代表地，坎代表水，离代表火，震代表雷，艮代表山，巽代表风，兑代表泽。

㉔ **三略六韬**　三略：传说是西汉黄石公所撰的兵书。六韬：汉代人假吕尚（姜子牙）之名编写的兵书。

㉕ **笼鹅王逸少**　东晋书法家王羲之，出身贵族，官至右军将军。生性爱鹅。一次，去参观山阴道士养的好鹅。观后，要求买鹅。道士说："请为

我观写《道德经》（经查证，王羲之写给道士的是《黄庭经》，并非《道德经》），将以群鹅相赠。”羲之欣然写毕，提笼鹅而归。皆甚高兴。（见《晋书·王羲之传》）

㉖ **相马九方皋** 原著误为“孔方皋”。九方皋是春秋中期秦穆公的家臣。善相马的伯乐年迈后，推荐九方皋为秦穆公相马。秦穆公说九方皋相马连毛色雌雄都分不清。伯乐说：“九方皋相马，得其精而忘其粗，在其内而忘其外，不能只看其形象与毛色。”（见《列子·说符》）

㉗ **窗下援琴弹古调** ［唐］刘长卿《听弹琴》诗云：“古调虽自爱，今人多不弹。”

㉘ **樽前剪烛读离骚** ［宋］赵汝鐩《读离骚》诗云：“琅然醉读离骚经，一鹤闻之来中庭。童子屡麾（通‘挥’，挥斥；排挤）不肯去，直凑樽前侧顶听。”

㉙ **罢官情闲，陶氏门前栽五柳** 东晋诗人陶渊明，任彭泽县令时，因不愿为五斗米折腰、侍奉乡里小人，隐姓埋名，辞官隐居，门前栽五柳，自号“五柳先生”。（见《晋书·陶渊明传》）

㉚ **除士计妙，齐公庭内赐双桃** 春秋时期，齐景公手下有三个勇士，名叫公孙接、田开疆和古冶子。齐相晏婴对景公说，这三个人不忠不义，是“危国之器，不若去之”。并出主意，让景公以二桃赠予他们三人，令他们论功食桃。公孙接和田开疆各取一桃，古冶子说：“难道我的功劳不如你们？”公孙接、田开疆悔恨，说：“取桃不让，是为贪；不死，无勇。”二人退桃，自刎而死。古冶子则说：“吾不死，则不仁。”也拔剑自刎。（见《晏子春秋·谏下》）三勇士葬于梁甫山，故诸葛亮作《梁甫吟》（亦称《葬歌》）云：“一朝被谗言，二桃杀三士。”

五歌

léi pī lì yǔ pāng tuó chuān tái zhú sǔn chán
雷霹雳①，雨滂沱②。穿苔竹笋③，缠

shù téng luó liǎng shān pái cuì tà yì shuǐ dài qīng luó
树藤萝④。两山排翠闼⑤，一水带青罗⑥。

zhū wǎng guà yán jīng guò què yíng dēng zhào hù wù fēi é
蛛网挂檐惊过雀⑦，萤灯照户误飞蛾⑧。

yǔ guò chí táng dào chù qīng wā míng bì cǎo qíng kàn bēi zé
雨过池塘，到处青蛙鸣碧草⑨；晴看陂泽，

yǒu shí bái niǎo yù hóng hé
有时白鸟浴红荷⑩。

注解

①**雷霹雳** 霹雳：又急又响的雷。［宋］王迈《陈侍郎见激字韵和以见寄复用韵谢》诗云："荐福（指欧阳询为饶州荐福寺题文的荐福碑）莫教雷霹雳。"

②**雨滂沱** 形容雨下得很大。［明］罗贯中《三国演义》云："行了数日，忽值大雨滂沱。"

③**穿苔竹笋** 宋朝刘植《凤凰台》诗云："古桐阴覆井，丛竹笋穿苔。"

④**缠树藤萝** 唐代李白《太华观》诗云："怪石堆山如坐虎，老藤缠树似腾蛇。"

⑤**两山排翠闼** 耸立两旁的青山就像推开的绿色大门。闼：门。［宋］王安石《书湖阴先生壁》诗云："一水护田将绿绕，两山排闼送青来。"

⑥**一水带青罗**　青罗：青色的罗带。喻曲折环绕的碧水。[唐]韩愈《送桂州严大夫》诗云："江作青罗带，山如碧玉簪。"

⑦**蛛网挂檐惊过雀**　挂在屋檐下的蜘蛛网，吓坏了飞来飞去的麻雀。

⑧**萤灯照户误飞蛾**　闪闪发光的萤火虫，被飞蛾误认为是照户的明灯。[元]谢宗可《萤灯》诗云："微萤闪闪拂晴波，几度黄昏误舞蛾。"

⑨**雨过池塘，到处青蛙鸣碧草**　这是宋朝赵师秀《有约》中"黄梅时节家家雨，青草池塘处处蛙"诗句的化用。

⑩**晴看陂泽，有时白鸟浴红荷**　晴天常见白鹤和鹭鸶在荷花池塘戏水。陂泽：湖泽。白鸟：鹤鹭之类白羽鸟。

荷塘白鹭（清·马家桐）

gē wǎn zhuǎn yǔ pó suō qián kūn zhuǎn gǔ rì
歌婉转[11]，语婆娑[12]。乾坤转毂[13]，日

yuè fēi suō cūn tóng xié cǎo lì xī sǒu shài yú suō
月飞梭[14]。村童携草笠[15]，溪叟晒渔蓑[16]。

xū gǔ zèng páo lián fàn shū xiàng rú yǐn jià bì lián pō yě
须贾赠袍怜范叔[17]，相如引驾避廉颇[18]。野

sì rì gāo wú shì lǎo sēng mián zhèng wěn chí tíng yuè shàng
寺日高，无事老僧眠正稳[19]；池亭月上，

qiǎn huái sāo kè yǒng piān duō
遣怀骚客咏偏多[20]。

注解

⑪ **歌婉转** 婉转：形容声音委婉而动听。［宋］周邦彦《木兰花令》词云："歌时宛转饶风措。"

⑫ **语婆娑** 婆娑：形容声音悠扬、委婉。［汉］王褒《洞箫赋》云："风鸿洞而不绝兮，优娆娆以婆娑。"

⑬ **乾坤转毂** 天地像车轮一样迅速旋转。转毂：车轮转动。［宋］刘过《登凌云高处》诗云："方识乾坤真转毂。"

⑭ **日月飞梭** 日月如穿梭一样飞来飞去。［明］刘基《节妇吟》诗云："人间日月如飞梭，地下相从应始多。"

⑮ **村童携草笠** 草笠：用草或棕皮编的防雨帽。这是唐代崔道融《牧竖》中"牧竖（牧童）持蓑笠"诗句的化用。

⑯ **溪叟晒渔蓑** 这是宋朝黄庭坚《次韵高子勉》中"相并晒渔蓑"诗句的化用。

⑰ **须贾赠袍怜范叔** 战国时范雎（即范叔）跟随魏国中大夫须贾出使

齐国，齐王赐范雎十金，须贾疑雎通齐而将此事告给魏相，范雎因此差点被鞭死。后雎装死逃至秦国，秦王拜其为相，遂改名“张禄”。须贾出使秦国，雎穿烂衣见贾，贾惊喜雎未死，甚怜，赠以绨袍。后才知范雎为秦相。（见《史记·范雎蔡泽列传》）

⑱ **相如引驾避廉颇** 赵国大夫蔺相如不畏强秦，完璧归赵，有大功，被封为宰相，位在大将军廉颇之上。廉颇不服，屡次阻拦相如车驾示威。蔺相如为维护赵国将相团结，以防外侵，一再改道回避廉颇。廉颇得知相如真意后，负荆向蔺相如请罪，遂成刎颈之交，传为“将相和”的著名史话。（见《史记·廉颇蔺相如列传》）

⑲ **野寺日高，无事老僧眠正稳** 太阳高照寺庙，闲情老和尚还在酣睡。

⑳ **池亭月上，遣怀骚客咏偏多** 月亮移上池亭，抒怀的诗人诗兴更浓。

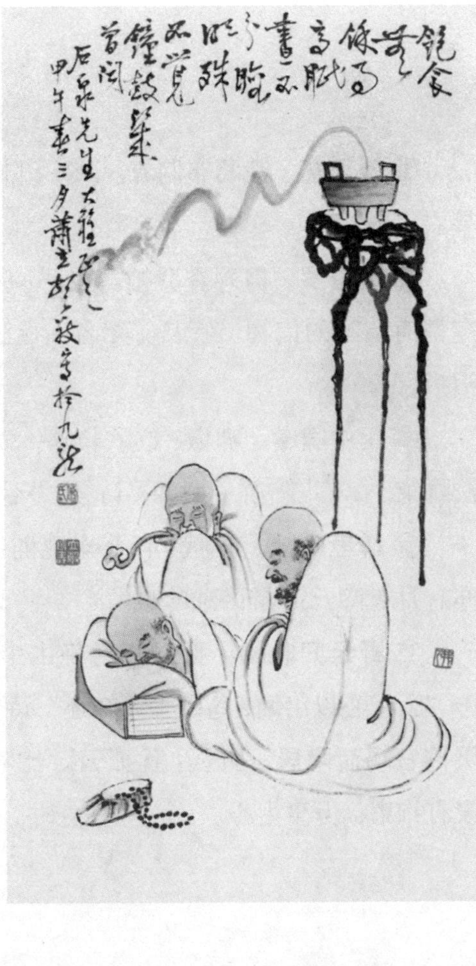

睡僧图（萧立声）

cái xì gé jiǎn xiāng luó xián zhōng xiào ào zuì
裁细葛㉑，剪香罗㉒。闲中啸傲㉓，醉

lǐ yín é yě yún guī wǎn xiù jiāng yuè gǔn qiū bō
里吟哦㉔。野云归晚岫㉕，江月滚秋波㉖。

shān lǐng yún héng zhuāng fèng jì shā dī yǔ dī lù fēng wō
山岭云横庄凤髻㉗，沙堤雨滴露蜂窝㉘。

qiáo zǐ cǎi xiān shù yōng sōng lín rú yù huó yú láng zhào yǐng
樵子采鲜，树拥松鳞如欲活㉙；渔郎照影，

jiāng fú líng jìng bù xū mó
江浮菱镜不须磨㉚。

注解

㉑ **裁细葛** 裁葛布制衣。[宋]陆游《春尽遣怀》诗云：“白葛新裁制暑衣。”

㉒ **剪香罗** 剪碎香罗帕。香罗：绫罗。古诗文中也指香罗帕，是男女定情时馈赠的信物。[宋]无名氏《浣溪沙》词云：“剪碎香罗浥（沾湿）泪痕。”

㉓ **闲中啸傲** 啸傲：放歌长啸，傲然自得。指行为旷达，不受世俗礼法拘束。[宋]陆游《书事》诗云：“不妨啸傲过平生。”

㉔ **醉里吟哦** 吟哦：有节奏地诵读。[唐]白居易《咏兴五首·小庭亦有月》诗云：“醉卧独吟哦。”

㉕ **野云归晚岫** 孤云归隐晚山中。这是东晋陶渊明《归去来兮辞》中“云无心以出岫，鸟倦飞而知还”诗句的化用。比喻作者自己无意出仕，厌倦官场而隐居。野云：犹孤云。比喻一种离群独居的生活状态或心态，没有拘束，万事由心。

㉖ **江月滚秋波** 江中月影在秋风卷起的波涛中翻滚。这是宋朝赵汝愚《同林择之姚宏甫游鼓山》中“江月不随流水去，天风直送海涛来”诗句的化用。江月：江中的月影。秋波：秋风吹起的波涛。

㉗ **山岭云横庄凤髻** 浮云横于山岭之上，把山峰妆点得犹如美女头上的凤形发髻。庄：通“妆”，妆饰。凤髻：女人头发挽结成凤形发髻。[后蜀]欧阳炯《凤楼春》词云：“凤髻绿云丛，深掩房栊。”

㉘ **沙堤雨滴露蜂窝** 雨打沙堤犹如点点蜂窝呈现在沙坪上。

㉙ **樵子采鲜，树拥松鳞如欲活** 樵夫把满是鳞片的松球当鲜活的金鱼采集。松鳞：指快张开的松球像有鳞的活金鱼。

㉚ **渔郎照影，江浮菱镜不须磨** 渔郎把长满菱花的水面当不用磨的镜子来照。菱镜：古代铜镜多刻有菱花为饰，故称“菱镜”。

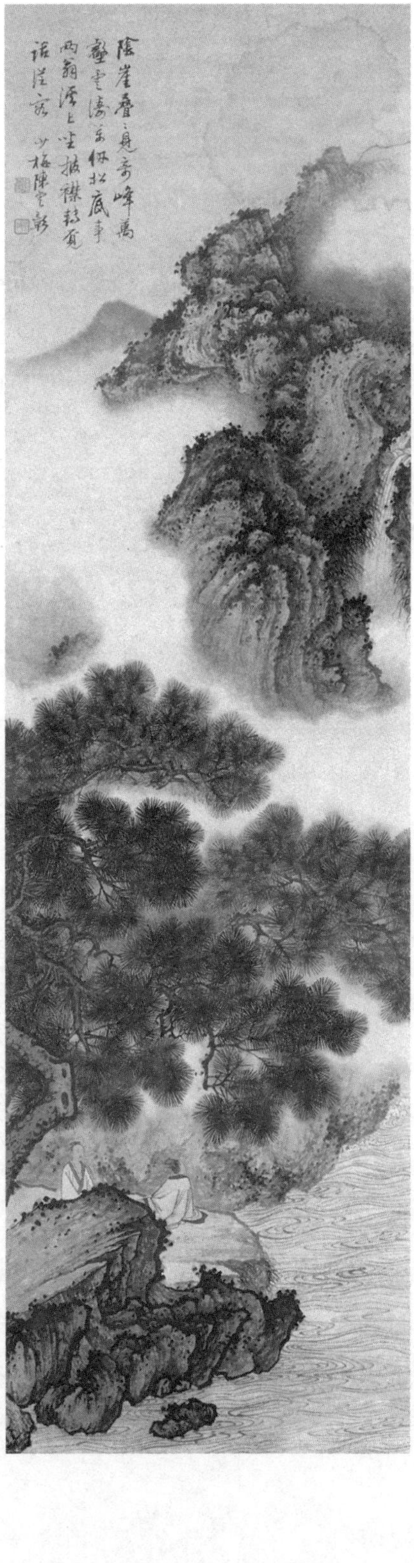

万壑云涛（陈少梅）

六麻

liáng shàng yàn jǐng zhōng wā shǒu zhū dài tù
梁上燕①，井中蛙②。守株待兔③，
dǎ cǎo jīng shé duàn yuán háo jué hè guī yàn luò píng shā
打草惊蛇④。断猿号绝壑⑤，归雁落平沙⑥。
yán qián zhū wǎng kāi sān miàn hù wài fēng fáng liè liǎng yá
檐前蛛网开三面，户外蜂房列两衙⑦。
jiā dào gǔ huái shèng fàng wǔ yīn zhē kè lù chuān lí xīn
夹道古槐，剩放午阴遮客路⑧；穿篱新
sǔn luàn fēn chūn yì liáo rén jiā
笋，乱分春意撩人家⑨。

注解

① **梁上燕** 比喻无自知之明的人。[唐] 无名氏《玉泉子》云：“蝙蝠不自见，笑他梁上燕。”也比喻自在安闲。[唐] 杜甫《江村》诗云：“自去自来梁上燕，相亲相近水中鸥。”

② **井中蛙** 井底青蛙只能看到井口那么大的一块天。比喻见识短浅的人。《庄子 · 秋水》云：“井蛙不可语于海者，拘（局限）于虚（所居住的地方）也。”

③ **守株待兔** 《韩非子 · 五蠹》载：战国时期宋国有个农夫，在耕田时遇见一只奔跑的兔子撞到田间树上而死，从此他放弃农耕，坐守其树，希望再捡到死兔。这个人因此被宋国人传为笑谈。

④ **打草惊蛇** 打草惊了草里的蛇。比喻做法不谨慎，反使相关者有所

戒备。南唐当涂县宰王鲁，渎职又贪污。当部下接连上状控诉主簿有贪贿行为时，王鲁乃判曰："汝虽打草，吾已蛇惊。"意思是：诉状虽是告我的属官主簿，倒已引起我的警觉。（见［宋］郑文宝《南唐近事》）

⑤ **断猿号绝壑** 这是宋朝宋肇《中秋对月用昌黎先生赠张功曹韵》中"传闻蜀道如天高，崖悬壁绝哀猿号"诗句的化用。绝壑：极为陡峭的山谷。

⑥ **归雁落平沙** 南宋词人蔡伸，福建莆田人，在入燕途中，困居北方异乡，难以归里，写下思家之作《苏武慢・雁落平沙》。

⑦ **檐前蛛网开三面，户外蜂房列两衙** 这两句是宋朝陈师道《春怀示邻里》中"风翻（风吹）蛛网开（裂开）三面，雷动（春雷惊动）蜂窠趁两衙"诗句的化用。网开三面：商朝开国君主商汤巡视天下，看见有人像蜘蛛结网一样在野外四面都张上网捕鸟，商汤说："这样就会把鸟捉尽了！"商汤下令将网撤掉三面。（见《史记・殷本纪》）两衙：众蜂簇拥蜂王，如朝拜时两旁站着的侍卫，称为蜂衙。

⑧ **夹道古槐，剩放午阴遮客路** 夹道古槐只剩正午阴凉遮行人道。

⑨ **穿篱新笋，乱分春意撩人家** 穿篱新笋乱以春来景色引逗人家。

平沙落雁（清・王素）

chá zhàn ruǐ　cǎo méng yá　bàng huā suí liǔ　chén
茶绽蕊⑩，草萌芽⑪。傍花随柳⑫，沉
lǐ fú guā　shān rén mù yù lì　yě lǎo zhòng sāng má
李浮瓜⑬。山人牧芋栗⑭，野老种桑麻⑮。
zé měng yú láng gē ǎi nǎi　qiū qiān xiù nǚ xiào xuān huá
舴艋渔郎歌欸乃⑯，秋千绣女笑喧哗⑰。
chūn qù rú hé　yǐ jiàn fēi cán dī liǔ xù　yè lái duō shǎo
春去如何，已见飞残堤柳絮⑱；夜来多少，
bù zhī kāi biàn hǎi táng huā
不知开遍海棠花⑲。

注解

⑩ **茶绽蕊**　绽蕊：开花。

⑪ **草萌芽**　［唐］白居易《赋得古原草送别》诗云："离离原上草，一岁一枯荣。野火烧不尽，春风吹又生。"

⑫ **傍花随柳**　［宋］程颢《春日偶成》诗云："云淡风轻近午天，傍花随柳过前川。"

⑬ **沉李浮瓜**　炎夏人们把瓜果沉于井里或冷水中使凉，当作夏日游宴消暑食品，故有"沉李浮瓜"之说。［三国魏］曹丕《与朝歌令吴质书》云："浮甘瓜于清泉，沉朱李（李子）于寒冰。"

⑭ **山人牧芋栗**　芋栗：芋艿和橡栗。二者都是含淀粉很多的食物。［明］高启《送证上人住持道场》诗云："寺门无人闭夕阳，芋栗收作山中粮。"

⑮ **野老种桑麻**　桑麻：桑树和麻。养蚕植麻是古时农业重项。［唐］孟浩然《过故人庄》诗云："开轩面场圃，把酒话桑麻。"

⑯ **舴艋渔郎歌欸乃**　舴艋：小船。欸乃：象声词。［宋］陆游《南定楼

遇急雨》诗云："人语朱离逢峒獠，棹歌（划船时唱的歌）欸乃下吴舟。"

⑰ **秋千绣女笑喧哗**　这是宋朝陆游《九里》中"陌上秋千喧笑语"诗句的化用。

⑱ **春去如何，已见飞残堤柳絮**　春天将过，可见堤上尚飞残柳絮。

⑲ **夜来多少，不知开遍海棠花**　夜幕来临，不觉处处盛开海棠花。

秋千仕女（清·焦秉贞）

nián jiǎo shǔ fàn hú má pī fēng dài yuè yǐn lù
黏角黍[20]，饭胡麻[21]。披风戴月[22]，饮露

cān xiá shí zhuó xīn fēng jiǔ chū cháng yáng xiàn chá
餐霞[23]。时酌新丰酒[24]，初尝阳羡茶[25]。

zhū lǚ sān qiān guāng cuò luò jīn chāi shí èr yǐng qī xiá
珠履三千光错落[26]，金钗十二影欹斜[27]。

zhū gě xíng jūn luò luò lún qián huī yǔ shān zhāo jūn chū sài
诸葛行军，落落轮前挥羽扇[28]；昭君出塞，

hū hū mǎ shàng bō pí pá
忽忽马上拨琵琶[29]。

注解

⑳ **黏角黍** 黏米粽子。角黍：即粽子。用黏黍做的粽子。

㉑ **饭胡麻** 用胡麻做成的饭。也有说法认为胡麻饭是用糯米与芝麻等做成的食物。传说东汉永平年间，剡县人刘晨、阮肇入天台山采药，被两个仙女邀至家中，食以胡麻饭。半年后回家，子孙已过七代。后因以“胡麻饭”表示仙人的食物。（见［南朝宋］刘义庆《幽冥录》）

㉒ **披风戴月** 犹“披星戴月”。身披星星，头顶月亮。形容连夜奔波或早出晚归，十分辛苦。［元］郑廷玉《冤家债主》云：“这大的孩儿披星戴月，早起晚眠。”

㉓ **饮露餐霞** 亦作“餐霞吸露”。指超凡脱俗的仙家生活。［明］单本《蕉帕记·幻形》诗云：“翦雪披霜号九尾，餐霞吸露历千秋。”

㉔ **时酌新丰酒** 新丰：在今陕西西安临潼。［唐］李白《春日独坐寄郑明府》诗云：“情人道来竟不来，何人共醉新丰酒？”

㉕ **初尝阳羡茶** 阳羡：在今江苏宜兴。［唐］卢仝《走笔谢孟谏议寄

新茶》诗云："天子须尝阳羡茶，百草不敢先开花。"

㉖ **珠履三千光错落** 门客穿的缀珠鞋光亮闪闪。珠履：缀珠的鞋。错落：交错纷杂。战国时楚国春申君有三千门客，其上客都穿缀珠的鞋。《史记·春申君列传》云："春申君客三千余人，其上客皆蹑珠履……"

㉗ **金钗十二影欹斜** 美女头上斜插金钗。金钗：美女头饰。南朝梁武帝萧衍《莫愁歌》诗云："头上金钗十二行，足下丝履五文章。"此处的"头上金钗十二行"，无疑是指美女头上排列的金钗之多。诗人有时把金钗比作宫嫔或歌姬。如白居易《酬思黯戏赠同用狂字》诗云："钟乳三千两，金钗十二行。"这里的"金钗"，白居易自注说："思黯自夸前后服钟乳甚得力，而歌舞之妓颇多。"还有长孙佐辅《古宫怨》诗云："三千玉貌休自夸，十二金钗独相向。""独相向"，即相互注目。

㉘ **诸葛行军，落落轮前挥羽扇** 诸葛亮坐于军车中，手摇羽毛扇指挥行军打仗。[唐]杜甫《咏怀古迹五首》诗云："三分割据纡筹策，万古云霄一羽毛。"

㉙ **昭君出塞，忽忽马上拨琵琶** 公元前33年，匈奴呼韩邪单于来汉朝求亲，汉元帝将王昭君赐给呼韩邪。昭君出塞路上经过许多平沙大漠，呼韩邪叫匈奴的乐士在马上弹琵琶给昭君听，以解其思乡之念。[宋]郑惠真《送水云归吴》诗云："琵琶拨尽昭君泣，芦叶吹残蔡琰啼。"

七阳

huáng jīn diàn　bái yù táng　zhū lóu xiù gé
黄金殿[1]，白玉堂[2]。朱楼绣阁[3]，
huà dòng diāo liáng　yù qín héng jìng jī　zhēn diàn zhǎn fāng
画栋雕梁[4]。玉琴横净几[5]，珍簟展方
chuáng　méi bì zhèng yíng jiāng àn yǔ　jú huáng xū jiè dòng
床[6]。梅碧正迎江岸雨[7]，橘黄须借洞
tíng shuāng　yì mài shān rén　jǐn shù huáng yún qīng mǎn dàn
庭霜[8]。刈麦山人，紧束黄云青满担；
chā yāng yě lǎo　xì fēn chūn yǔ lǜ chéng háng
插秧野老，细分春雨绿成行[9]。

注解

①**黄金殿**　皇帝住的地方。[宋]王观《清平乐·黄金殿里》词云："黄金殿里，烛影双龙戏。"

②**白玉堂**　神仙居所。亦喻指富贵人家的邸宅。[唐]李商隐《代应》诗云："本来银汉是红墙，隔得卢家白玉堂。"

③**朱楼绣阁**　亦作"朱楼画阁"。指有彩绘装饰的红楼阁。形容建筑精巧华丽。[唐]王维《洛阳女儿行》云："画阁朱楼尽相望，红桃绿柳垂檐向。"

④**画栋雕梁**　亦作"画梁雕栋"。指有彩绘装饰的华丽房屋。[元]王子一《误入桃源》云："宽绰绰罗帏绣成栊，郁巍巍画梁雕栋。"

⑤**玉琴横净几**　语出宋朝杨简《无题》诗："净几横琴晓寒，梅花落

在弦间。”

⑥ **珍簟展方床** 珍簟：精美的竹席。这是宋朝程垓《小桃红》中“已安排、珍簟小胡床，待日长闲坐”词意的化用。

⑦ **梅碧正迎江岸雨** 梅碧：指未熟的梅子尚呈青色。青梅生长和结果靠多雨。李时珍的《本草纲目》记载：梅树冬天开花，多雨的夏天果子成熟。

⑧ **橘黄须借洞庭霜** 成熟的橘子经霜之后，由青色变为金黄。这是宋朝苏轼《浣溪沙·咏橘》中“菊暗荷枯一夜霜，新苞（青橘经霜变黄，又如新生的黄色花苞）绿叶照林光。竹篱茅舍出青黄”词意的化用。

⑨ **刈麦山人，紧束黄云青满担；插秧野老，细分春雨绿成行** 这两句是元朝戴良《插秧妇》中“紧束暖烟青满地，细分春雨绿成行”诗句的化用。紧束黄云：指扎束翠绿的秧苗把。细分：细心地分秧栽插。

抚琴图（徐燕孙）

kāi zǔ zhàng　jù hú chuáng　tán sī pǐn zhú
开祖帐[⑩]，踞胡床[⑪]。弹丝品竹[⑫]，
quàn jiǔ chēng shāng　qiáo gē lái lǜ yě　yú dí qǐ cāng
劝酒称觞[⑬]。樵歌来绿野[⑭]，渔笛起沧
làng　huàn yǔ bān jiū hóu shé lěng　sù huā jiá dié mèng hún
浪[⑮]。唤雨斑鸠喉舌冷，宿花蛱蝶梦魂
xiāng　tiān zhào chū chuán　xiān nǚ jǐn yī chí hǔ jié　dà
香[⑯]。天诏初传，仙女锦衣持虎节[⑰]，大
bīng wèi chū　jiāng jūn xiù gǔn yā lóng xiāng
兵未出，将军绣衮压龙骧[⑱]。

注解

⑩ **开祖帐**　祖帐：古代送人远行，在郊外路旁为饯别而设的帷帐。亦指送行的酒筵。[唐] 杨炯《祭汾阴公文》诗云："垂穗帷（灵帐）与祖帐兮，罢歌台与舞阁。"

⑪ **踞胡床**　此指东晋江州刺史桓伊为黄门侍郎王徽之奏笛三弄。（参见上卷"七虞"注⑮）

⑫ **弹丝品竹**　弹奏弦丝，吹奏管乐。[南朝陈] 江总《宴乐修堂应令》诗云："弹丝命琴瑟，吹竹动笙簧。"

⑬ **劝酒称觞**　劝人喝酒，举杯祝酒。[唐] 马怀素《饯唐永昌》诗云："闻君出宰洛阳隅，宾友称觞饯路衢。"

⑭ **樵歌来绿野**　绿色山野里传来樵夫的歌声。绿野：绿色的山野。[明] 黄琏《狼岭樵歌》诗云："伐木丁丁声自长，山歌处处更悠扬。"

⑮ **渔笛起沧浪**　语出宋代蔡确《夏日登车盖亭》中"睡起莞然成独笑，数声渔笛在沧浪"。

⑯ 唤雨斑鸠喉舌冷，宿花蛱蝶梦魂香 据传，北宋有名的才女苏小妹（相传为苏轼的妹妹）写有一副对联：“月下杜鹃喉舌冷，花前蝴蝶梦魂香。”众人皆称妙，独王安石不以为然，他反问苏小妹：“月下杜鹃如是闭嘴飞行，风吹不进喉舌，何以会‘喉舌冷’？花前蝴蝶若是飞着，又怎么会‘梦魂香’？”于是王安石提笔改为：“啼月杜鹃喉舌冷，眠花蝴蝶梦魂香。”成书于明代的《增广贤文》亦收有“叫月子规喉舌冷，宿花蝴蝶梦魂香”句。

⑰ 天诏初传，仙女锦衣持虎节 天诏：皇帝的诏命。锦衣：精美华丽的衣服。虎节：周代山国使者出行时所持的符节。《周礼·地官·掌节》：“凡邦国之使节，山国用虎节，土国用人节，泽国用龙节，皆金也。”

⑱ 大兵未出，将军绣衮压龙骧 绣衮：即衮绣，中国古代天子祭祀时所穿的绣有龙的礼服。龙骧：亦作“龙襄”，指气概威武雄壮、昂首腾跃的龙马。此处即指战马。龙骧，又是中国古代武职将军的官名。始号“龙骧将军”的是西晋大将王濬。

东山丝竹（近代·潘振镛）

lín yìng ruì　fèng chéng xiáng　fú zhēng zhòu yè
麟应瑞[19]，凤呈祥[20]。蝠争昼夜[21]，
yàn miǎo yán liáng　yè yuè wú tóng yuàn　chūn fēng táo lǐ
燕渺炎凉[22]。夜月梧桐院[23]，春风桃李
qiáng　miǎo miǎo xī liú fēn yàn wěi　tiáo tiáo shān lù rào yáng
墙[24]。淼淼溪流分燕尾[25]，迢迢山路绕羊
cháng　táng mù xìng tān　kù nèi qīng qián huà zuò dié　chū
肠[26]。唐穆性贪，库内青钱化作蝶[27]；初
píng shù miào　shān zhōng bái shí biàn chéng yáng
平术妙，山中白石变成羊[28]。

注解

⑲ **麟应瑞**　应瑞：应验祥瑞。麟：即麒麟，古代传说中的一种神兽，像鹿，全身有鳞甲。古代以其象征祥瑞。[唐]李觐《紫玉见南山赋》云："德表玉而应瑞，玉用德而降休（吉庆）。"

⑳ **凤呈祥**　在中国传统观念中，龙和凤代表着吉祥如意，龙凤一起使用多表示喜庆之事。[汉]孔鲋《孔丛子·记问》云："天子布德，将致太平，则麟凤龟龙先为之呈祥。"

㉑ **蝠争昼夜**　蝙蝠白天大多用后肢倒挂在树上或洞穴石壁上睡觉，晚上才四处觅食。

㉒ **燕渺炎凉**　燕子秋凉南飞，春暖北迁。渺：渺茫，时隐时现。燕子是秋去春来南北迁徙的候鸟。[唐]白居易《秋霁》诗云："金火不相待，炎凉雨中变。林晴有残蝉，巢冷无留燕。"

㉓ **夜月梧桐院**　梧桐书院是南唐罗靖、罗简兄弟授徒讲学之所。书院依山傍水，山上多梧桐，故名梧桐院。院址在今江西奉新县西北的罗坊镇。

㉔ **春风桃李墙** 比喻学生受到良师的谆谆教诲。春风：比喻良好的成长环境。桃李：比喻高才学生。墙：门墙，指师长之门。［宋］杨万里《送刘童子》诗云："长成来奏三千牍，桃李春风冠集英。"

㉕ **淼淼溪流分燕尾** 水流大时，溪流中间的凸出岩石会将水流一分为二成燕尾状。（参见上卷"十五删"注⑮）

㉖ **迢迢山路绕羊肠** 语出唐代杨炯《广溪峡》："山路绕羊肠"。

㉗ **唐穆性贪，库内青钱化作蝶** 唐穆宗时，殿前种千株牡丹，花开放时香气袭人。穆宗夜宴，有无数黄白蝴蝶飞集花间，天明即飞去。人们张网捕捉数百只，天明都变成了金玉。后来打开宝橱，发现蝴蝶皆是库中金银所化。（见《杜阳杂编》）

㉘ **初平术妙，山中白石变成羊** 传说东晋时，有一天金华丹溪十五岁的牧童黄初平，赶着一群山羊去村外草地放牧，被一位仙翁带至金华山石洞中修炼。自此黄初平超凡脱俗，潜心修道，钻研丹药，四十年不食人间烟火。黄初平的哥哥寻找弟弟几十年，终于在金华山石洞找到。悲喜间，哥哥问及当年羊群的下落，初平说全在石洞外的山坡上。哥哥忙到洞外观看，可是山坡上只有一片白石杂卧在草丛中。哥哥问羊在哪。初平笑着说："羊都在，您看不见？"初平便大叫："叱！叱！羊起！"满山白石应声而起，都变成了羊。（见《神仙传》）

八庚

xiá sàn qǐ　xuě fēi qióng　hóng xiāo yǔ jì　dǒu
霞散绮①，雪飞琼②。虹消雨霁③，斗
zhuǎn xīng héng　yuè yí huā gǎi yǐng　fēng dòng zhú shēng
转星横④。月移花改影⑤，风动竹生
shēng　lǐng wài yún xiá huā xià yuè　hú biān yān yǔ liǔ shāo
声⑥。岭外云霞花下月⑦，湖边烟雨柳梢
qíng　yáng gǔ rì huá　yí fèng yǔ máo xīn càn làn　dòng tíng
晴⑧。旸谷日华，仪凤羽毛新灿烂⑨；洞庭
làng nuǎn　huà lóng tóu jiǎo dú zhēng róng
浪暖，化龙头角独峥嵘⑩。

注解

① **霞散绮**　散绮：比喻绚丽的云霞。［宋］夏竦《喜迁莺·霞散绮》词云："霞散绮，月沉钩，帘卷未央楼。"

② **雪飞琼**　飞琼：指飘飞的白色物，如雪、玉兰花等。［宋］辛弃疾《满江红·和范先之雪》词云："天上飞琼，毕竟向人间情薄。"

③ **虹消雨霁**　彩虹消散，雨过天晴。霁：停止，消除。语出唐朝王勃《滕王阁序》"虹销雨霁"。

④ **斗转星横**　北斗自转，众星横移。亦作"斗转参横"。语出《宋史·乐志》"斗转参（星名）横将旦（天将亮）"。

⑤ **月移花改影**　花影随着照耀花丛的月亮移动而移动。这是宋朝王安石《春夜》中"月移花影上栏杆"诗句的化用。

⑥ **风动竹生声** 竹子被风摇动而发出响声。这是元朝卢琦《游洞岭寺》中“风定竹无声”诗句的反义化用。

⑦ **岭外云霞花下月** 岭外：此指山岭远处。一般特指大庾岭以南的广东、广西一带。

⑧ **湖边烟雨柳梢晴** 烟雨：像烟雾一样的蒙蒙细雨。

⑨ **旸谷日华，仪凤羽毛新灿烂** 在太阳升起的地方，阳光明媚，凤凰的羽毛更加美丽灿烂。旸谷：古称日出之处。日华：太阳的光华。仪凤：凤凰的别称。古人认为凤凰是“百鸟之王”、太阳鸟、火神。［唐］徐坚《初学记》云：“凤凰者，鹑火之禽，阳之精也。”

⑩ **洞庭浪暖，化龙头角独峥嵘** 头角独峥嵘：比喻青年人才华出众。传说，大禹治水，在黄河要津龙门，凿山开门，阔一里余。每年暮春（三月）之际，有黄鲤鱼逆流而上，得过者便化为龙。（见《辛氏三秦记》）

湖山烟雨（吴石僊）

zhān fèng ǒu jié ōu méng kāi lóng fàng hè kuà
占 凤 偶⑪，结 鸥 盟⑫。开 笼 放 鹤⑬，跨
hǎi zhǎn jīng liú líng chéng jiǔ pǐ lǐ bái shàn cái míng
海 斩 鲸⑭。刘 伶 成 酒 癖⑮，李 白 擅 才 名⑯。
yuè míng hé chù yī zhēn xiǎng fēng xì shuí jiā yù dí héng
月 明 何 处 衣 砧 响⑰，风 细 谁 家 玉 笛 横⑱。
yuán bǐ mí héng jiāng xià cái chéng yīng wǔ fù chuī xiāo nòng
援 笔 祢 衡，江 夏 裁 成 鹦 鹉 赋⑲；吹 箫 弄
yù dí lóu qiǎo zuò fèng huáng shēng
玉，笛 楼 巧 作 凤 凰 声⑳。

注解

⑪ **占凤偶** 占凤：春秋齐懿仲想把女儿嫁给陈敬仲，占卜时得到“凤皇于飞，和鸣锵锵”等吉语。后因以“占凤”为择婿的典故。

⑫ **结鸥盟** 指与鹭、鸥相约结盟。比喻隐居者的生活。[宋]高观国《青玉案》词云：“一堤风月，六桥烟水，鹭约鸥盟在。”

⑬ **开笼放鹤** 北宋诗人林逋隐居杭州孤山时，植梅养鹤，清高自适，终生未娶，人称“梅妻鹤子”。林逋常泛小舟游览西湖各寺院。有客人到逋的住处来访，童子便开笼放鹤，传信给逋。林逋见鹤后一定会划着小船回来。（见《梦溪笔谈》）

⑭ **跨海斩鲸** ［唐］李白《临江王节士歌》诗云：“安得倚天剑，跨海斩长鲸。”

⑮ **刘伶成酒癖** 西晋“竹林七贤”之一的刘伶，曾任建威将军，他性情放荡，不受拘束，主张无为而治，却被认为无能而罢官。他嗜酒成癖，每次饮酒，连酒糟一起吃掉，酩酊大醉方休，人称“醉侯”。著有《酒德颂》。

（见《晋书·刘伶传》）

⑯ **李白擅才名** 擅才名：因才华出众而有名气。李白是屈原之后我国最为杰出的浪漫主义诗人，有“诗仙”之称。诗圣杜甫有诗赞李白：“笔落惊风雨，诗成泣鬼神。”

⑰ **月明何处衣砧响** 月明之夜不知从何处传来捣衣声。［北魏］温子升《捣衣诗》云：“长安城中秋夜长，佳人锦石捣流黄（杂色丝织品）。香杵纹砧知近远，传声递响何凄凉。”

⑱ **风细谁家玉笛横** 这是唐代李白《春夜洛城闻笛》中“谁家玉笛暗飞声，散入春风满洛城”诗句的化用。

⑲ **援笔祢衡，江夏裁成鹦鹉赋** 东汉辞赋家祢衡，性情刚傲，当众辱骂过曹操，羞辱过刘表。为江夏太守黄祖当文书时，与黄祖长子黄射友善。一次饮宴会上，有宾客送黄射一只鹦鹉，黄射邀祢衡作一篇鹦鹉赋，以使嘉宾高兴。祢衡提笔，一气呵成文辞华美的《鹦鹉赋》。（见《后汉书·祢衡传》）

⑳ **吹箫弄玉，笛楼巧作凤凰声** 神话传说，春秋时期，有个叫萧史的人，善吹箫，能吹鸾凤之音。秦穆公之女弄玉也爱吹箫，穆公便把弄玉嫁给了萧史，并筑凤台给他们居住。萧史遂教弄玉学吹凤鸣声。许久，竟引来凤凰至其屋。数十年后，萧史乘龙，弄玉乘凤，一起随凤凰升天而去。（见《列仙传》）

chuī mài fàn yì chún gēng sōu cháng míng yè
炊麦饭[21]，忆莼羹[22]。搜肠茗叶[23]，
shì kǒu xiāng jīng tí niǎo jīng chūn mèng míng jī cù xiǎo
适口香粳[24]。啼鸟惊春梦[25]，鸣鸡促晓
xíng mèng cháng mén xià sān qiān kè xiǎo fàn xiōng zhōng bǎi
行[26]。孟尝门下三千客[27]，小范胸中百
wàn bīng wéi gù liáng yuán lǚ shè yīn qín féng yuè lǎo péi
万兵[28]。韦固良缘，旅舍殷勤逢月老[29]；裴
háng jiā jì lán qiáo xiè hòu yù yún yīng
航佳偶，蓝桥邂逅遇云英[30]。

注解

㉑ **炊麦饭**　光武帝刘秀讨伐河北王朗，遇大雨困于道旁空舍，冯异煮麦饭供充饥。（见《后汉书·冯异传》）[宋]陆游《初夏》诗云："翦韭腌荠粟作浆，新炊麦饭满村香。"

㉒ **忆莼羹**　犹"忆莼鲈"。此指晋朝张翰因思故乡莼鲈而辞官归乡之典。（参见上卷"七虞"注㉖）

㉓ **搜肠茗叶**　喝茶能清肠。喝茶好处很多，既可提神醒脑，又能清肠解腻。清肠茶一般是凉性的，绿茶、普洱茶、龙井茶是最好的清肠茶。

㉔ **适口香粳**　香粳：香糯稻，香米的一种。具有香味正、口感好等优点。

㉕ **啼鸟惊春梦**　这是宋朝陆游《杂感》中"啼莺惊断寻春梦"诗句的化用。唐代金昌绪《春怨》诗云："打起黄莺儿，莫教枝上啼。啼时惊妾梦，不得到辽西。"

㉖ **鸣鸡促晓行**　这是宋朝陆游《早行至江原》中"喔喔鸣鸡促起程"

诗句的化用。

㉗ **孟尝门下三千客** 战国时期齐国贵族孟尝君，名田文。他在封地薛邑招揽各诸侯国的宾客和犯罪逃亡人做自家的食客，连会鸡鸣狗盗者也收，且不分贵贱一律给予丰厚的待遇。故以“广招宾客，食客三千而闻名”。（见《史记·孟尝君列传》）

㉘ **小范胸中百万兵** 小范：指范仲淹。北宋仁宗时，范仲淹任陕西经略安抚招讨副使，兼知州延安，养兵蓄锐，防西夏侵扰。西夏人相互告诫，切勿轻动，说：“今小范老子（西夏人对范仲淹的尊称）腹中自有兵甲，不可欺也。”（见［宋］朱熹《三朝名臣录》七引《名臣传》）

㉙ **韦固良缘，旅舍殷勤逢月老** 唐朝元和二年（807），有一个叫韦固的书生路过宋城，借宿在宋城南店的客栈。夜晚遇一老人在月光下翻检一本婚姻簿。月下老人为韦固牵红绳指明婚嫁对象。后来韦固果然应月老之语，与相州刺史王泰之女结为连理。（见［唐］李复言《续玄怪录·定婚店》）

㉚ **裴航佳偈，蓝桥邂逅遇云英** 佳偈：佳话的意思。偈，佛教术语，指佛经中的唱词。唐代秀才裴航在蓝桥驿遇见织麻老妪的孙女云英，欲娶为妻，妪说：“昨有神仙给我一种仙药玄霜，但须用玉杵臼捣百日，方可吞服。你能寻得玉杵臼，我就把孙女许给你。”裴航果在约定期内，从卞姓药铺买得玉杵臼，遂娶云英。后来，二人入玉峰洞修仙。（见《太平广记五十·裴航》）

九青

xuān zǐ zhào bài huáng tíng fú fēi běi què hóng
宣紫诏①，拜黄庭②。凫飞北阙③，鸿

tuán nán míng pán táo qiān suì shú dān guì jiǔ qiū xīn
抟南溟④。蟠桃千岁熟⑤，丹桂九秋馨⑥。

yè zhàng xún sēng lái gǔ sì tí hú jiàn kè dào cháng tíng
曳杖寻僧来古寺⑦，提壶饯客到长亭⑧。

shuǐ miàn yóu yú chōng sàn fú píng qiān diǎn lù gāng tóu guò
水面游鱼，冲散浮萍千点绿⑨；岗头过

mǎ tà kāi fāng cǎo yì hén qīng
马，踏开芳草一痕青⑩。

注解

① **宣紫诏** 紫诏：亦作“紫泥诏”，帝王诏书。古人以泥封书信，泥上盖印。皇帝诏书则用紫泥。（见《太平御览》）［南唐］李中《送阎侍御归阙》诗云：“羡君乘紫诏，归路指通津。”

② **拜黄庭** 黄庭：指《黄庭经》。道教的经典著作。［唐］齐己《寄西山郑谷神》诗云：“俗人应抚掌，闲处诵黄庭。”

③ **凫飞北阙** 北阙：古代宫殿的北门，是大臣上朝的地方。传说东汉明帝时尚书郎王乔，出为叶县令，每当初一、十五从县里到都城洛阳参加朝会，从不乘车马。明帝感到奇怪，就密令太史暗察。太史探明后报告明帝说，王乔来时，总有双凫（野鸭）从东南方向飞来。张罗网捕之，只得到一只鞋，诏尚方来看，乃是帝赐给尚书官员属史的鞋子。（见《后汉书·方术传》）

④ **鸿抟南溟**　抟：环绕，盘旋。南溟：南海。北溟中的大鲲鱼为了到南溟去，便变成大鹏鸟飞往南溟。鹏鸟展翅高飞时，击水三千里，抟扶摇而上者九万里。（见《庄子·逍遥游》）

⑤ **蟠桃千岁熟**　传说，东海度索山，有大桃树，屈盘三千里，故名“蟠桃”。一说蟠桃三千年开花，三千年结果，三千年成熟。（见《艺文类聚》）

⑥ **丹桂九秋馨**　丹桂：红色桂花。馨：散布很远的香气。这是唐代陆畅《云安公主出降杂咏催妆二首》中“九秋香满镜台前”和宋朝释允韶《偈七首》其一中“庭前丹桂喷秋香”诗句的化用。

⑦ **曳杖寻僧来古寺**　这是宋朝陆游《题幽居壁》中“山前曳杖寻僧去”诗句的化用。

⑧ **提壶饯客到长亭**　这是宋朝范仲淹《诸暨道中作》中“林下提壶招客醉”诗句的化用。

⑨ **水面游鱼，冲散浮萍千点绿**　鱼游水面，水面上的千点绿萍被冲散开来。[宋]王质《青玉案》词云：“浮萍不碍鱼行路，细数鱼来去。”

⑩ **岗头过马，踏开芳草一痕青**　马过山冈，青草地上留下一溜马蹄印。

曳杖寻僧图（周澄）

guān jì jià yàn yáo míng zhuāng zhōu mèng dié
观稷稼[11]，验尧蓂[12]。庄周梦蝶[13]，
chē yìn náng yíng shuǐ làng fēng fān bái shān xiǎn yǔ lüè
车胤囊萤[14]。水浪风翻白[15]，山藓雨掠
qīng hàn shuǐ yǔ yú guī yè wěi huà shān yuè lěng hè shū
青[16]。汉水雨余龟曳尾[17]，华山月冷鹤梳
líng lǔ yáng dǎo gē bó mù zhǐ huí sān shè rì yú fǔ fàn
翎[18]。鲁阳倒戈，薄暮指回三舍日[19]；渔父泛
zhào qīng xiāo yáo dòng yì hú xīng
棹，清宵摇动一湖星[20]。

注解

⑪ **观稷稼** 观看后稷种庄稼。《论语·宪问》载："禹（夏禹）、稷（后稷，黄帝玄孙，尧时掌管农业）躬稼（亲自种庄稼）而有天下。"

⑫ **验尧蓂** 验证尧蓂祥瑞草的神奇。此指唐尧时期按蓂荚瑞草果生果落的周期计算日历的传说。（参见上卷"九佳"注⑥）

⑬ **庄周梦蝶** 《庄子·齐物论》载：庄周（庄子）梦见自己化为蝴蝶，在空中快乐自在地飞翔，不知自己原本是庄周。突然醒来，才知自己还是本来不会飞的庄周。[唐]李白《古风》诗云："庄周梦蝴蝶，蝴蝶为庄周。"

⑭ **车胤囊萤** 晋人车胤，幼年好学，家贫，无钱买油点灯，夏天就用薄口袋装些萤火虫，照书苦读。及长，功成名就，官至尚书郎。（见《晋书·车胤传》）

⑮ **水浪风翻白** 风卷水面白浪翻。这是唐朝白居易《江楼晚眺》中"风翻白浪花千片"诗句的化用。

⑯ **山藓雨掠青** 青色山藓被雨水打坏。山藓：山间苔藓。掠青：不到

成熟期的植物种子遭损坏。

⑰ **汉水雨余龟曳尾** 此指庄子拒绝楚王的邀请，不愿做官，宁愿像水龟一样拖着尾巴活在泥水中。（参见本卷“二萧”注㉕）

⑱ **华山月冷鹤梳翎** 这是宋朝陆游《溪园》中“静看猿哺果，闲爱鹤梳翎”和明朝谢迁《习静》中“高崖松动鹤梳翎”诗句的化用。

⑲ **鲁阳倒戈，薄暮指回三舍日** 传说春秋时期，楚国的鲁阳公率军与韩国交战，战犹酣，日将落，鲁阳公持戈挥日，太阳随即倒退三舍（一舍三十里），天大亮，继续对战。（见《淮南子·览冥训》）

⑳ **渔父泛棹，清霄摇动一湖星** 渔父月夜归舟，映入湖中的点点星光不停地晃动。清宵：清静的夜晚。

鹤梳翎（徐悲鸿）

qiān qǐng dào yì chí píng lù dòng shí rǔ fēng
千顷稻㉑，一池萍㉒。露冻石乳㉓，风

zhuàng huā líng shān suí fān yǐng zhuǎn shuǐ bèi shí jī
撞花铃㉔。山随帆影转㉕，水被石矶

tíng yún mí shí dòng huā méi bì rì shài jīn chéng liǔ yǎn
停㉖。云迷石洞花眉碧，日晒金城柳眼

qīng huàn yǒu huáng lí shēng zhú nuǎn fēng piāo yuàn luò
青㉗。唤友黄鹂，声逐暖风飘院落㉘；

shī qún wū yàn yǐng suí hán yuè xià jiāng tīng
失群乌雁，影随寒月下江汀㉙。

注解

㉑ **千顷稻**　唐代诗人皮日休在沔阳（今湖北仙桃）看到农民充分利用土地种植庄稼，十分敬佩，写了一首赞美诗《送从弟皮崇归复州》，诗云：“处处路旁千顷稻，家家门外一渠莲。”

㉒ **一池萍**　苏轼被贬黄州时期，他依好友章质夫的咏杨花词《水龙吟》原韵，和了一首《水龙吟·次韵章质夫杨花词》，词中有“一池萍碎”句，意为“杨花落水为浮萍”，是杨花的最终归宿。在篇末，苏轼感慨地说：“细看来，不是杨花，点点是离人泪。”

㉓ **露冻石乳**　石乳：又称石钟乳，是指碳酸盐岩地区洞穴内在漫长地质历史中和特定地质条件下形成的石钟乳、石笋、石柱等不同形状的碳酸钙沉淀物。［北周］庾信《奉和赵王隐士诗》云：“洞风吹户里，石乳滴窗前。”

㉔ **风撞花铃**　花铃：系在花梢上用以惊吓鸟雀的护花铃。唐玄宗天宝年间，宁王李宪好声乐且爱花。每到春天，就于后花园中，以红丝为绳，

密缀金铃，系于花梢之上，每有鸟鹊翔集，则令园吏掣铃索惊之以护花。(见[后周]王仁裕《开元天宝遗事·花上金铃》)

㉕ **山随帆影转** 《古诗源·湘中渔歌》云："帆随湘转，望衡九面。"意为湘江多弯，环绕衡山，在船上可多次望见衡山。

㉖ **水被石矶停** 江河流水被水边突出的岩石阻拦。石矶：水边突出的岩石或石滩。

㉗ **云迷石洞花眉碧，日晒金城柳眼青** 云笼洞旁绿枫花，日晒金城青柳叶。这两句是描写早春景色。花眉：亦作"花须"，指枫花，外形酷似人的眉毛、胡须，故称。柳眼：早春初生的柳叶如人睡眼初展，故称。[唐]李商隐《二月二日》诗云："花须柳眼各无赖，紫蝶黄蜂俱有情。"

㉘ **唤友黄鹂，声逐暖风飘院落** 黄鹂唤友之声随着春风飘进院落。[宋]李之仪《踏莎行》词云："黄莺唤友，可人春色暄晴昼。"

㉙ **失群乌雁，影随寒月下江汀** 失群的孤雁在寒月下，带着自己的影儿飞向江洲。寒月：秋夜的月亮。这是南北朝庾信《秋夜望单飞雁》中"失群寒雁声可怜，夜半单飞在月边"诗句的化用。

黄鹂鸣春（江寒汀）

十蒸

shuāng lǐn liè rì yán zhēng jīn wū xī zhuì yù
霜凛冽①，日炎蒸②。金乌西坠，玉
tù dōng shēng tán qīng lǎo shuǐ jìn shān zǐ suì huā níng
兔东升③。潭清潦水尽，山紫碎花凝④。
lín quán ǒu zuò kān liú kè zhú yuàn xiāng féng què huà sēng
林泉偶座堪留客⑤，竹院相逢却话僧⑥。
sū shì shén chí qū tuó fù chuáng tóu xiá shǔ wáng sī xīn
苏轼神驰，祛橐附床投黠鼠⑦；王思心
jí tíng háo bá jiàn zhuī fēi yíng
急，停毫拔剑追飞蝇⑧。

注解

① **霜凛冽** 凛冽：极为寒冷，严寒刺骨。［晋］傅咸《神泉赋》云：“六合（东西南北四方和上下，泛指天地或宇宙）萧条，严霜凛冽。”

② **日炎蒸** 炎蒸：炎热蒸腾。［宋］岳珂《观物四首·蚊》诗云：“清晨出帏昼藏隙，正是袢蒸炎暑日。”

③ **金乌西坠，玉兔东升** 太阳西落，月亮东升。金乌：传说日中有三足乌，故称太阳为金乌；玉兔：传说月中有玉兔，故称月亮为玉兔。［唐］韩琮《春愁》诗云：“金乌飞，玉兔走。”形容光阴易逝。

④ **潭清潦水尽，山紫碎花凝** 碎花：小花朵。这两句是唐朝王勃《滕王阁序》中“潦水（积存的雨水）尽而寒潭（清凉的深池）清，烟光（云霭雾气）凝而暮山紫”诗句的化用。

⑤ **林泉偶座堪留客** 林泉：林木泉石。比喻退隐的地方。这是唐代贺知章《题袁氏别业》中“主人不相识，偶坐为林泉”诗句的化用。

⑥ **竹院相逢却话僧** 竹院：指寺院。这是唐代李涉《登山》中“因过竹院逢僧话，又得浮生半日闲”诗句的化用。

⑦ **苏轼神驰，祛橐附床投黠鼠** 苏轼写了一篇《黠鼠赋》，讲夜间一只老鼠钻进挂在床边的一个坚固的口袋里出不来，便咯吱咯吱咬口袋惊动人。苏轼叫童子查看，袋里只有一只死老鼠。刚倒在地上，老鼠便跑了。苏轼说，有智慧的人可以搏猛虎、役万物，却难免被狡猾的老鼠欺骗。原因全在做事时是否精神专一。专一则事成，疏忽则事败。

⑧ **王思心急，停毫拔剑追飞蝇** 三国魏大司农王思，性格暴躁，经常无故发怒。一次他提笔作画，有只苍蝇停在笔杆上，驱之又来，一连数次，气得他将笔摔下，拔剑去追满屋乱飞的苍蝇。苍蝇没抓到，他又将怒气转发在笔上，对其又踩又跺，直到把笔毁了，方消怒气。（见［宋］王令《十七史蒙求》）

竹院逢僧（近代·汪仲山）

cái shǔ jǐn　zhī wú líng　　rú chuán yí guàn　shì wù
裁蜀锦，织吴绫⑨。儒传一贯⑩，释悟
sān chéng　　yuè diàn líng kōng rù　　yún tī zhú bù dēng
三乘⑪。月殿凌空入⑫，云梯逐步登⑬。
péng dá yún chéng tiān wàn lǐ　　lóng fān yǔ xué làng qiān céng
鹏达云程天万里⑭，龙翻禹穴浪千层⑮。
yuān liè lù bān　niǎo niǎo xiān tái cháo yù niǎn　　lóng pán hǔ
鹓列鹭班，袅袅仙台朝玉辇⑯；龙蟠虎
jù　wēi wēi dì què qǐ jīn líng
踞，巍巍帝阙起金陵⑰。

注解

⑨ **裁蜀锦，织吴绫**　蜀锦：最初产于四川的彩锦。吴绫：绫的一种，最初出于吴郡。泛指各种精美的丝织品。［宋］侯置《鹧鸪天》词云："蜀锦吴绫剪染成。"［宋］陆游《沁园春》词云："君知否，渐香消蜀锦，泪渍吴绫。"

⑩ **儒传一贯**　《论语·里仁》云："吾道一以贯之。"

⑪ **释悟三乘**　佛教所说的"三乘"，即三种交通工具，比喻运载众生渡越生死到涅槃彼岸之三种法门。就众生根机之钝、中、利，佛应之而说声闻乘、缘觉乘、菩萨乘三种教法。

⑫ **月殿凌空入**　月殿：月宫。［唐］房融《谪南海过始兴广胜寺果上人房》诗云："隔岭天花发，凌空月殿新。"

⑬ **云梯逐步登**　云梯：古代公输盘（鲁班）为楚国所造供攻城时攀登城墙的长梯。后人把仙人升天，登云而上，谓之"登云梯"。［晋］郭璞《游仙诗》云："灵溪可潜盘，安事登云梯。"

⑭ **鹏达云程天万里**　此指《西游记》里的妖精金翅大鹏雕，绰号“云程万里鹏”。他飞得比孙悟空的筋斗云还快，翅膀一拍就是九万里，拍两翅膀就追上孙悟空。为吃唐僧肉，他与狮驼洞的青狮、白象结为兄弟，组成同盟，把唐僧、八戒、沙悟净擒拿，孙悟空纵筋斗驾云脱逃，请来如来佛将金翅大鹏雕收服。

⑮ **龙翻禹穴浪千层**　禹穴：指夏禹在黄河要津凿山开门的龙门。这里是化用“鲤跃龙门”之典。（参见本卷“八庚”注⑩）

⑯ **鹓列鹭班，袅袅仙台朝玉辇**　鹓列鹭班：鹓和鹭飞行有序，比喻朝官井然有序的行列。玉辇：天子所乘之车，以玉为饰。

⑰ **龙蟠虎踞，巍巍帝阙起金陵**　传说汉末刘备使诸葛亮去金陵（今南京），对孙权说：“秣陵（今南京）地形，钟山龙蟠，石城虎踞，此帝王之宅。”（见［晋］张勃《吴录》）［唐］李白《永王东巡歌》诗云：“龙盘虎踞帝王州，帝子金陵访古丘。”

神游月府（近代·潘振镛）

gū jiǔ zhì　dú shū dēng　chāng pú jiǔ jié　é
酤酒帜⑱，读书灯⑲。菖蒲九节⑳，莪
zhú sān léng　fán zhēng rú zuò zèng　jí lěng sì huái bīng
术三棱㉑。烦蒸如坐甑㉒，极冷似怀冰㉓。
xī táng mèng cǎo xiè líng yùn　yuǎn dì sī chún zhāng jì yīng
西堂梦草谢灵运㉔，远地思莼张季鹰㉕。
shān fù gōng chú　xuán zhuó shēng chái chuī yě cài　zhōu wēng fàn
山妇供厨，旋斫生柴炊野菜㉖；舟翁泛
tǐng　qīng yáo huà jiǎng cǎi hé líng
艇，轻摇画桨采河菱㉗。

注解

⑱ **酤酒帜**　酒帜：又叫酒帘，酒店前的旗帜，以招酒客。[宋]赵汝鐩《马上口占》诗云："柳岸人家摇酒帘，不妨小停春风鞭。"

⑲ **读书灯**　[宋]王禹偁《清明》诗云："昨日邻家乞新火，晓窗分与读书灯。"

⑳ **菖蒲九节**　九节菖蒲在历代本草书籍中，均指天南星科植物石菖蒲的根茎。所谓九节，系描述根茎之环节紧密。如《别录》云："一寸九节者良。"（见《名医别录》）

㉑ **莪术三棱**　两种草药。《医学衷中参西录》载："三棱莪术，微有辛意，性皆微温，为化淤血之要药。"

㉒ **烦蒸如坐甑**　甑：蒸饭用的瓦器。[唐]韩愈《郑群赠簟》诗云："自从五月困暑湿，如坐深甑遭蒸炊。"

㉓ **极冷似怀冰**　[唐]李白《赠新平少年》诗云："长风入短袂，两手如怀冰。"

㉔ **西堂梦草谢灵运** 南朝宋诗人谢灵运，极赏识从弟谢惠连。他说："我每写篇章，如能见到惠连，就能神奇地得到佳语。"一次，在永嘉西堂构思诗章，竟日不就，忽梦见惠连，即得"池塘生春草，园柳变鸣禽"之佳句，自以为是得神助。（见［南朝宋］谢灵运《登池上楼》）

㉕ **远地思莼张季鹰** 此指晋朝张翰（字季鹰）在洛阳做官时，因思家乡吴中莼菜羹、鲈鱼脍，辞官回乡，经圃钓鱼。（参见上卷"七虞"注㉖）

㉖ **山妇供厨，旋斫生柴炊野菜** ［唐］杜荀鹤《山中寡妇》诗云："桑柘废来犹纳税，田园荒后尚征苗。时挑野菜和根煮，旋斫生柴带叶烧。"

㉗ **舟翁泛艇，轻摇画桨采河菱** 画桨：船桨的美称。［宋］杨万里《七月既望晚观菱壕》诗云："菱荇中间开一路，晓来谁过采菱船。"

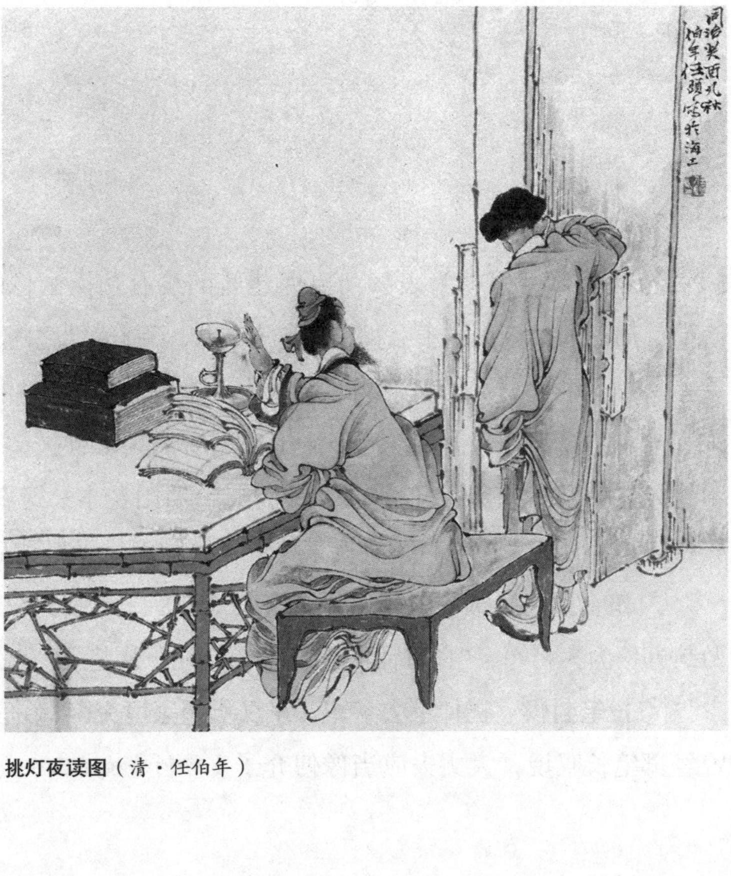

挑灯夜读图（清・任伯年）

十一尤

líng yān gé dé yuè lóu zhù tái bài jiàng tóu bǐ
凌烟阁①，得月楼②。筑台拜将③，投笔

fēng hóu bì tái shēng lòu xiàng hóng yè chū yù gōu
封侯④。碧苔生陋巷⑤，红叶出御沟⑥。

tiān jì hóng liáng huó yǔ duàn jiāng biān yú wǎng dài yān shōu
天际虹梁和雨断⑦，江边渔网带烟收⑧。

chàng xiǎo líng jī liǎng chì pāi xié máo diàn yuè pái yún gū hè
唱晓灵鸡，两翅拍斜茅店月⑨；排云孤鹤，

yì shēng lì luò hǎi tiān qiū
一声唳落海天秋⑩。

注解

① **凌烟阁** 唐朝为表彰功臣而建筑的绘有功臣画像的高阁。[北周]庾信《周柱国大将军纥干弘神道碑》载："天子画凌烟之阁，言念旧臣。"

② **得月楼** 苏州虎丘有得月楼，建于清代。宋朝有无得月楼，不清楚。宋朝俞文豹《清夜录》载：范仲淹镇钱塘时，兵官皆被举荐，独巡检苏麟不见录，麟乃献诗云："近水楼台先得月，向阳花木易逢春。"是说水边的楼台先得到月光。比喻由于接近某些人或事物而优先得到某种利益或便利。

③ **筑台拜将** 淮阴人韩信投奔汉王刘邦后，萧何建议重用韩信，刘邦乃封韩信为大将军，"择日斋戒，设坛场具礼"拜将。（见《汉书·韩信传》）

④ **投笔封侯** 扔掉笔去参军。东汉班超家境穷困，在官府做抄写工作。曾经掷笔长叹说，大丈夫应当像傅介子（曾刺杀楼兰王）、张骞一样，到边

疆为国立功，以取封侯，哪能一直在笔砚之间讨生。（见《后汉书·班超传》）

⑤ **碧苔生陋巷** ［唐］李颀《行路难》诗云：“一朝谢病还乡里，穷巷苍苔绝知己。”

⑥ **红叶出御沟** 旧时，居于深宫的宫娥，常题诗于红叶之上，借御沟向外寄情思。（参见上卷“十灰”注④）

⑦ **天际虹梁和雨断** 彩虹随着阵雨重来，消残殆尽。虹梁：比喻弧形彩虹。［宋］黄庭坚《南歌子》词云：“雨余风急断虹横。”

⑧ **江边渔网带烟收** 渔夫在烟雾缭绕的江边收渔网。这是明朝张羽《川上暮归》中“烟中渔网悬杨柳”诗句的化用。

⑨ **唱晓灵鸡，两翅拍斜茅店月** 雄鸡展翅报晓，旅店上空偏西的月亮将落。这是唐代温庭筠《商山早行》中“鸡声茅店月”诗句的化用。

⑩ **排云孤鹤，一声唳落海天秋** 孤鹤排云飞翔，一声鸣叫响彻辽阔的天空。［唐］刘禹锡《秋词》云：“晴空一鹤排云上，便引诗情到碧霄（蔚蓝天空）。”海天秋：秋天气爽，广阔无边的海与天连在一起，水天一色。

得月楼（近代·林琴南）

qīng dōu kǎi bái hú qiú fén qín zhǔ hè mài jiàn
青兜铠⑪，白狐裘⑫。焚琴煮鹤⑬，卖剑
mǎi niú jí fēng chuī yǔ jiǎo xīn yuè guà yún tóu yuè
买牛⑭。疾风吹雨脚⑮，新月挂云头⑯。月
luò zhōu liú shā shàng yàn yún fēi shuǐ sù làng zhōng ōu
落洲留沙上雁⑰，云飞水宿浪中鸥⑱。
xiáng xù xián rén míng wǎn xiāng lú duì gǔ shǐ jiāng hú sàn
庠序闲人，茗碗香炉对古史⑲；江湖散
kè bǐ chuáng chá zào zǎi piān zhōu
客，笔床茶灶载扁舟⑳。

注解

⑪ **青兜铠** 黑色头盔和铠甲。兜铠：亦作“兜鍪铠”，战士戴的头盔和铠甲。[宋]辛弃疾《南乡子·登京口北固亭有怀》词云：“年少万兜鍪，坐断东南战未休。”

⑫ **白狐裘** 白色狐皮衣。[宋]陈三聘《水调歌头·有客念行役》词云：“莫献肃霜马，好衣白狐裘。”

⑬ **焚琴煮鹤** 把琴当作柴火烧了去煮白鹤。比喻随意糟蹋美好的事物。[宋]洪适《满江红·春色匆匆》词云：“吹竹弹丝谁不爱，焚琴煮鹤人何肯。”

⑭ **卖剑买牛** 汉宣帝时，渤海地区灾荒严重，民不聊生，农民持刀举剑起义。朝廷派龚遂任渤海太守。龚遂下令停止斗杀，对放下武器者，概不追究；对继续持刀剑行劫者，严加惩处。农民在官吏的诱导下，卖掉刀剑，买回耕牛农具，从事农业耕种，生活逐渐好转。后以“卖剑买牛”比喻改业务农或坏人改恶从善。（见《汉书·龚遂传》）

⑮ **疾风吹雨脚** 雨脚：密集落地的雨点。[宋]赵蕃《九月十一夜雨中读吴梦与诗书以示之》诗云："疾风吹雨过江干，老屋阙床无处乾。"[唐]杜甫《茅屋为秋风所破歌》诗云："床头屋漏无干处，雨脚如麻未断绝。"

⑯ **新月挂云头** 这是宋朝陆游《入夏多雨虽止复作六月甲寅始大晴》中"新月徘徊出云罅（裂缝）"诗句的化用。

⑰ **月落洲留沙上雁** 月亮西沉，大雁在沙洲过夜。宋朝词人李清照丈夫赵明诚写给妻子四句回文体诗："秋江楚雁宿沙洲，雁宿沙洲浅水流。流水浅洲沙宿雁，洲沙宿雁楚江秋。"李清照也回对丈夫四句："香莲碧水动风凉，水动风凉夏日长。长日夏凉风动水，凉风动水碧莲香。"

⑱ **云飞水宿浪中鸥** 乌云散去，白鸥在水中栖息。[唐]杜甫《江村》诗云："自去自来堂上燕，相亲相近水中鸥。"

⑲ **庠序闲人，茗碗香炉对古史** 庠序：古时指学校。读书人坐香炉旁饮茶阅古史。

⑳ **江湖散客，笔床茶灶载扁舟** 江湖客在扁舟上煮茶弄笔墨。

斜阳扁舟（溥儒）

yuān yāng pǔ　yīng wǔ zhōu　tiān hán yā jù　shuǐ nuǎn yú yóu　zhāng liáng chéng shì hàn　wáng càn yuán yī liú　duì xuě jiā rén chuī fèng guǎn　yù hán gōng zǐ yōng hú qiú　chūn yàn jiā bīn　yǎ zhuó qióng jiāng kuān jiǔ liàng　yè yín sāo kè　xián shōu huā lù rùn shī hóu

鸳鸯浦㉑，鹦鹉洲㉒。天寒鸦聚㉓，水暖鱼游㉔。张良诚事汉㉕，王粲原依刘㉖。对雪佳人吹凤管㉗，御寒公子拥狐裘㉘。春宴佳宾，雅酌琼浆宽酒量㉙；夜吟骚客，闲收花露润诗喉㉚。

注解

㉑ **鸳鸯浦**　鸳鸯栖息的水滨。相传金代泰和年间，河北大名府有两个青年男女，彼此相恋却遭家人反对，遂愤而投水自尽。那一年，这个水塘中的荷花全都并蒂而开。元好问听闻这一悲剧故事之后，哀婉不已，遂作《摸鱼儿·问莲根有丝多少》词云："天已许。甚不教、白头生死鸳鸯浦？"表达自己的愤怒：他们的爱情连苍天都允许了，让他们化作并蒂莲，生死相依，为什么仍有人不让他们白头偕老？

㉒ **鹦鹉洲**　鹦鹉洲，地名，在武汉市武昌城外江中。东汉末年祢衡在黄祖的长子黄射大会宾客时，即席挥笔写就一篇"锵锵戛金玉，句句欲飞鸣"的《鹦鹉赋》，据说鹦鹉洲即得名于此。

㉓ **天寒鸦聚**　［宋］张耒《寒鸦词》云："朋飞聚噪动百千，颈腹如霜双翅玄（黑色）。"

㉔ **水暖鱼游**　［明］汤胤勣《无题诗次刘虞部韵》诗云："金塘水暖鱼跳子。"

㉕ **张良诚事汉** 张良，字子房，西汉杰出的军事谋略家，与萧何、韩信一起被誉为“汉初三杰”，被封为留侯。秦国灭韩，张良为韩报仇。乘始皇东游之机，与门客在博浪沙（今河南原阳东南）狙击秦始皇，未遂。于是变更姓名，亡匿下邳（今江苏睢宁西北），曾从圯上老人学《太公兵法》。后投奔刘邦辅汉。（见《汉书·张良传》）

㉖ **王粲原依刘** 王粲，字仲宣，诗文超群。至长安，左中郎将蔡邕见而奇之。后到荆州依附刘表。刘表以王粲其人貌不副其名而且躯体羸弱，不甚看重。刘表死后，王粲劝刘表次子刘琮归降于曹操。曹操辟王粲为丞相掾，赐爵关内侯。（见《三国志·魏书·王粲传》）

㉗ **对雪佳人吹凤管** 佳人冒着雪寒吹凤管。凤管：笙箫的美称。[唐]白居易《咏竹》诗云：“不用裁为鸣凤管，不须截作钓鱼竿。千花百草凋零后，留向纷纷雪里看。”

㉘ **御寒公子拥狐裘** 公子穿着狐裘防寒冷。狐裘：用狐皮制的外衣。[唐]韩愈《江汉答孟郊》诗云：“凄风结冲波，狐裘能御寒。”

㉙ **春宴佳宾，雅酌琼浆宽酒量** 在迎春宴会上，嘉宾们放宽酒量，文文雅雅喝美酒。琼浆：比喻美酒。

㉚ **夜吟骚客，闲收花露润诗喉** 诗人夜间吟诗，用花露酒滋润咽喉。花露：此指美酒。[宋]陆游《林间书意》诗云：“红螺杯小倾花露，紫玉池深贮麝煤（即麝墨，代指墨）。”花露也指花上露水。[五代]王仁裕《开元天宝遗事·花露》云：“[杨]贵妃每宿酒初消，多苦肺热，尝凌晨独游后苑，傍花树，以手攀枝，口吸花露，藉其露液，润于肺也。”

十二侵

qīng píng jiàn　lǜ qǐ qín　shū tiān mù bǐ　cì shuǐ
青萍剑[①]，绿绮琴[②]。书天木笔[③]，刺水

yāng zhēn　biàn hé sān xiàn yù　yáng zhèn sì zhī jīn
秧针[④]。卞和三献玉[⑤]，杨震四知金[⑥]。

qiáng nèi xìng huā hóng chū sè　mén qián sāng zhè lǜ chéng yīn
墙内杏花红出色[⑦]，门前桑柘绿成阴[⑧]。

yuán liàng guī lái　xīn zhú jiù sōng duō yì qù　zǐ qī qù hòu
元亮归来，新竹旧松多逸趣[⑨]；子期去后，

gāo shān liú shuǐ shǎo zhī yīn
高山流水少知音[⑩]。

注解

①**青萍剑**　青萍：古剑名。后用作宝剑的代称。［唐］李白《送族弟单父主簿凝摄宋城主簿至郭南月桥却回》诗云："吾家青萍剑，操割有余闲。"

②**绿绮琴**　绿绮：古琴名。［晋］傅玄《〈琴赋〉序》云："齐桓公有鸣琴曰号钟，楚庄王有鸣琴曰绕梁，中世司马相如有绿绮，蔡邕有焦尾，皆名器也。"

③**书天木笔**　以蓝天当纸，用木笔朝天上写字。木笔：指辛夷，木兰的别称。木兰树高数丈，初出花苞尖锐如笔头，俗称木笔。或因其树高，笔头向上，形容为"书天"。

④**刺水秧针**　往稻田里插秧苗。秧针：指初生的稻秧。［宋］袁说友《和

子西喜雨》诗云："秧针刺水轻浮绿，麦浪翻风半挟青。"

⑤ **卞和三献玉** 春秋时期，楚国人卞和在荆山寻得一块璞玉，献给楚厉王熊眴。厉王使玉匠检验，玉匠说是石头，厉王遂以欺君之罪砍断卞和的左足。楚武王熊通即位，卞和又把璞玉献给武王，武王仍以欺君之罪砍掉卞和的右足。到楚文王熊赀继位后，卞和抱玉哭于荆山之下，文王派人问其故，卞和说："吾非悲刖（断足）也，悲宝玉被视为石，贞士被认作诳人。"文王使工匠剖璞检验，果是一块宝玉，因此命名为"和氏璧"。（见《韩非子·和氏》）

⑥ **杨震四知金** 东汉太尉杨震，字伯起，今陕西华阴人。他博学通经，时称"关西孔子杨伯起"。他为官清廉，憎恶贪侈骄横。一次，杨震因公事路过昌邑县，曾得到杨震举荐的昌邑令王密，夜间怀金十斤赠予杨震，以谢知遇之恩，杨震说："故人（杨震自称）知君（指王密），君不知故人，何也？"王密说："暮夜无知者。"杨震说："天知，神知，我知，子知。何谓无知者？"王密羞愧地抱金回去了。（见《后汉书·杨震传》）

⑦ **墙内杏花红出色** 这是宋朝诗人叶绍翁《游园不值》中"春色满园关不住，一枝红杏出墙来"诗句的化用。

⑧ **门前桑柘绿成阴** 这是宋朝陆游《小园》中"小园烟草接邻家，桑柘阴阴一径斜"诗句的化用。

⑨ **元亮归来，新竹旧松多逸趣** 曾任彭泽令的陶渊明（字元亮），因不为五斗米折腰，辞官归隐田园。童仆欢迎，稚子候门。三径就荒，松菊犹存。每天在园子里散步，自觉很有逸趣。（见《归去来兮辞》）

⑩ **子期去后，高山流水少知音** 传说，春秋时人伯牙善于弹琴，钟子期善于听音。伯牙方鼓赞泰山之琴，钟子期说："善哉乎鼓琴，巍巍乎若太（通'泰'）山。"继而，伯牙又鼓流水之音，钟子期又说："善哉乎鼓琴，汤汤乎若流水。"钟子期死后，伯牙认为世上再无知音了，遂破琴绝弦，终身不复鼓琴。（见《吕氏春秋·本味》）

sōng yù yù　zhú sēn sēn　gū fēng jué hè　yuǎn
松郁郁⑪，竹森森⑫。孤峰绝壑⑬，远

shuǐ yáo cén　huán yī sān nòng dí　yú shùn wǔ xián qín
水遥岑⑭。桓伊三弄笛⑮，虞舜五弦琴⑯。

shū qì jiàn cuī yīng chū gǔ　xī yáng máng cù niǎo tóu lín
淑气渐催莺出谷⑰，夕阳忙促鸟投林⑱。

wǔ jiàng chéng ēn　miàn dài shuāng wēi cí fèng què　shǐ chén fèng
武将承恩，面带霜威辞凤阙⑲；使臣奉

zhào　kǒu chuán tiān yǔ dào jī lín
诏，口传天语到鸡林⑳。

注解

⑪ **松郁郁**　［宋］陆游《读宛陵先生诗》诗云：“玉磬漻漻非俗好，霜松郁郁有春温。”

⑫ **竹森森**　［唐］白居易《池上作·西溪、南潭皆池中胜处也》诗云：“西溪风生竹森森，南潭萍开水沉沉。”

⑬ **孤峰绝壑**　绝壑：深谷。［唐］于邵《送家令祁丞序》云：“非奇峰绝壑，则不能运其机。”

⑭ **远水遥岑**　遥岑：远处陡峭的小山崖。［元］王实甫《西厢记》曲云：“将人的义海恩山，都做了远水遥岑。”

⑮ **桓伊三弄笛**　此指东晋桓伊为黄门侍郎王徽之奏笛故事。（参见上卷“七虞”注⑮）

⑯ **虞舜五弦琴**　传说古代帝王虞舜曾作五弦琴《南风歌》：“南风之熏（和暖）兮，可解吾民之愠（忧郁）兮；南风之时（应时）兮，可阜（丰富）吾民之财兮。”表达了作者以民之忧为己之忧的思想。

⑰ **淑气渐催莺出谷** 和暖的春天催促黄莺飞出幽谷。淑气：温和怡人的气息。［明］文征明《春归》诗云：“江燕雏引芳草满，林莺出谷杏花稀。”

⑱ **夕阳忙促鸟投林** 傍晚的太阳催促鸟儿快点归巢。

⑲ **武将承恩，面带霜威辞凤阙** 武将受命，威武辞朝上前线。凤阙：皇宫，朝廷。［唐］杨炯《从军行》诗云：“烽火照西京，心中自不平。牙璋（领到的兵符）辞凤阙，铁骑绕龙城（匈奴的名城）。”

⑳ **使臣奉诏，口传天语到鸡林** 文臣奉诏，腹藏天语使新罗。天语：帝王的诏谕。鸡林：古国名，即“新罗”，朝鲜半岛国家之一。［唐］刘禹锡《送源中丞充新罗册立使》诗云：“身带霜威辞凤阙，口传天语到鸡林。”

松立云涧（戚叔玉）

huí sú jià dí chén jīn yú chuān hé yǐng zhì
回俗驾[21]，涤尘襟[22]。鱼穿荷影[23]，雉
fú sāng yīn yuè hán huā jiàn lèi fēng liè niǎo jīng xīn
伏桑阴[24]。月寒花溅泪，风冽鸟惊心[25]。
yǒng xù cái jī huī miào bǐ jì yī shù fù dǎo hán zhēn
咏絮才姬挥妙笔[26]，寄衣戍妇捣寒砧[27]。
yōng bó chéng hūn yì hán jìn xiàn yuán zhōng bì qiū hú xì
雍伯成婚，一函尽献园中璧[28]；秋胡戏
fù liǎng xiù qīng xié sāng xià jīn
妇，两袖轻携桑下金[29]。

注解

㉑ **回俗驾** 回归世俗人群。俗驾：世俗人。驾，车驾，借指人。［宋］赵蕃《和斯远西轩竹》诗云："山灵（山神）回俗驾，鸟语助诗鸣。"

㉒ **涤尘襟** 洗涤世俗胸襟。尘襟：世俗的胸襟。［元］王德信《集贤宾·退隐》曲云："涤尘襟消尽了古今愁。"

㉓ **鱼穿荷影** 鱼在荷花阴影下戏游。

㉔ **雉伏桑阴** 雉鸟躲进桑树荫蔽处。

㉕ **月寒花溅泪，风冽鸟惊心** 这是唐朝杜甫《春望》中"感时花溅泪，恨别鸟惊心"诗意的化用。

㉖ **咏絮才姬挥妙笔** 此指晋朝大臣谢安之侄谢朗形容下雪"撒盐空中差可拟"，侄女谢道韫则说"未若柳絮因风起"。谢安大赞侄女奇才。（见［南朝宋］刘义庆《世说新语·言语》）

㉗ **寄衣戍妇捣寒砧** ［宋］贺铸的《捣练子》诗云："砧面莹，杵声齐，捣就征衣泪墨题。寄到玉关（玉门关）应万里，戍人犹在玉关西。"

㉘ **雍伯成婚，一函尽献园中璧** 古时有个叫雍伯的，家里很穷，欲娶徐家女为妻。徐家要他送上一双白璧，才肯将女儿嫁给他。雍伯为人善良，其父母所葬之高山上没有水，他便把水背上山，供别人喝。一天，有个来喝水的人送给他一块石头，叫他种在地里，说能长出白玉。雍伯将石头种到地里，果然长出五双白璧，他全部送到徐家，遂得与徐女成婚。（见［晋］干宝《搜神记》）

㉙ **秋胡戏妇，两袖轻携桑下金** 春秋时鲁人秋胡，婚后五日，去陈国做官，五年乃归。路见采桑美妇，便赠金调戏，妇不纳。秋胡回到家，母呼其妇出，即采桑者。妇斥其喜欢路旁妇人，好色淫逸，愤而投河死。（见［汉］刘向《列女传》）

荷塘鱼戏图（汪亚尘）

十三 覃

chú nèn sǔn qiè xiāng gān yáng jī yīn ǒu zhāo
锄嫩笋①，切香柑②。阳奇阴偶③，朝
sì mù sān dōng bīng pū lěng zhǎo qiū yuè jìn hán tán
四暮三④。冬冰铺冷沼⑤，秋月浸寒潭⑥。
yàn zhú xī yáng tóu sài běi hóng tuō qiū sè xià jiāng nán hǎi
雁逐夕阳投塞北，鸿拖秋色下江南⑦。海
shuǐ jiāng cháo huā dǐ huáng fēng xián yǐ bà shān yún yù yǔ jiē
水将潮，花底黄蜂衔已罢；山云欲雨，阶
qián bái yǐ zhàn fāng hān
前白蚁战方酣⑧。

注解

① **锄嫩笋** 嫩笋：幼竹初从土里长出的嫩芽，又称“竹笋”，可以做菜吃。

② **切香柑** 香柑：甜橘子，产地福建省蒲田。

③ **阳奇阴偶** 秦朝学者黄石公著《青囊经》云：“天尊地卑，阳奇阴耦（同‘偶’）。”古人用数代事，以天为阳，为奇数；地为阴，为偶数。数字反映天地间之奥秘，故称“天地数”。

④ **朝四暮三** 即“朝三暮四”。有个养猕猴的老人，给猴子分橡子吃，每天早上三个，晚上四个，众猴均怒而不食。养猴老人就改为早上四个，晚上三个，众猴皆悦。这就是“朝三暮四”典故的来源。（见《庄子·齐物论》）

⑤ **冬冰铺冷沼** 冬天池塘水面铺上一层寒冰。

⑥ **秋月浸寒潭** 秋天寒潭水面映出一轮明月。这是唐代刘长卿《游休禅师双峰寺》中“寒潭映白月”诗句的化用。

⑦ **雁逐夕阳投塞北，鸿拖秋色下江南** 鸿：即大雁。大雁每年春分后飞回北方（塞北）繁殖，秋分后飞往南方（江南）越冬。

⑧ **海水将潮，花底黄蜂衙已罢；山云欲雨，阶前白蚁战方酣** 这两句是宋朝钱昭度《野墅夏晚》中“黄蜂衙退海潮上，白蚁战酣山雨来”的化用。蜂衙：群蜂早晚聚集，簇拥蜂王，如旧时官吏到上司衙门排班参见。衙退时意味着海潮将要上涨。蚁战：指天将下雨，蚂蚁为防蚁穴进水，成群结队忙着搬家。

苍江白月图（明末清初・龚贤）

tīng shǔ niǎo　yǎng wú cán　xiè ān gāo wò　wáng
听蜀鸟⑨，养吴蚕⑩。谢安高卧⑪，王
yǎn qīng tán　chūn nuǎn qún fāng lì　qiū qīng wàn xiàng hán
衍清谈⑫。春暖群芳丽⑬，秋清万象涵⑭。
páng dé yí ān lái lǒng shàng　cáo bīn shì bìng xià jiāng nán
庞德遗安来陇上⑮，曹彬示病下江南⑯。
fēng qǐ hán jiāng　mì xuě luàn duī yú fǔ lì　yuè xié gǔ lù
风起寒江，密雪乱堆渔父笠⑰；月斜古路，
xián yún shēn hù lǎo sēng ān
闲云深护老僧庵⑱。

注解

⑨ **听蜀鸟**　蜀鸟：指杜鹃。相传为古蜀帝杜宇所化。蜀帝杜宇恨继位的鳖灵失国，痛悔而死，化为杜鹃，登枝悲鸣，泪尽泣血。（参见本卷“一先”注⑩）

⑩ **养吴蚕**　吴蚕：吴地（今江浙地区）盛养蚕，故称良蚕为吴蚕。［唐］李白《寄东鲁二稚子》诗云：“吴地桑叶绿，吴蚕已三眠。”

⑪ **谢安高卧**　东晋谢安，字安石，号东山。少以清谈知名，初次做官仅月余便辞职，隐居高卧在会稽郡山阴县东山的别墅里。其间常与王羲之、孙绰等游山玩水，饮酒赋诗，从不过问朝政。前秦南侵，东晋危在旦夕，谢安临危授命，当了东晋的宰相，率军在淝水成功打败前秦军队，并趁机率军北伐收复失地。（见《晋书·谢安传》）

⑫ **王衍清谈**　清谈：魏晋时期，一些名士承袭东汉清议的风气，就一些玄学问题析理问难，反复辩论。西晋大臣王衍，喜谈老庄学，所发议论觉有不妥，就会像用雌黄（黄色颜料）涂改错别字一样，随口更改，时人讥

笑他是“口中雌黄”。后人称言语轻率、反复多变为“信口雌黄”。（见《晋书·王衍传》）

⑬ **春暖群芳丽** 春日和暖，各种美丽芳香的花草在比美、斗妍。[明]赵弼《青城隐者记》云：“时值仲春，群芳竞艳，百卉争妍。”

⑭ **秋清万象涵** 秋天气爽，清泽滋润，万象更新。这是唐朝罗隐《秋日富春江行》中“清涵万象殊”诗句的化用。

⑮ **庞德遗安来陇上** 遗安：留给子孙安宁。陇上：田埂上；陇，通“垄”。汉末襄阳人庞德，居岘山田野农耕而不入城做官。刘表问他：“先生苦居畎亩而不肯官禄，后世何以遗子孙乎？”庞德说：“世人皆遗之以危（给子孙以利禄，其结果是给他们危厄），今独遗之以安。虽所遗不同，未为无所遗也。”（见《后汉书·庞公传》）

⑯ **曹彬示病下江南** 宋太祖伐江南时，派大将曹彬率行营之师攻金陵。“城垂克（将被攻克），彬忽称疾不视事。诸将皆来问疾。彬曰：‘余之疾非药石所能愈。惟须诸公诚心自誓，以克城之日，不妄杀一人，则自愈矣。’”（见《宋史·曹彬传》）

⑰ **风起寒江，密雪乱堆渔父笠** 风起寒江，飞雪盖满了江边渔翁的斗笠。这是唐朝柳宗元《江雪》中“孤舟蓑笠翁，独钓寒江雪”诗句的化用。

⑱ **月斜古路，闲云深护老僧庵** 月亮照着通向闲云笼罩的佛寺古道。这是明朝吴礼嘉《题悬空寺》中“飞阁丹崖上，白云几度封”诗句的化用。闲云：悠然飘浮的云。僧庵：佛寺。

huā dài nǚ　cǎo yí nán　lóng jū fèng niǎn　hè
花待女[19]，草宜男[20]。龙车凤辇[21]，鹤
jià luán cān　fēng shāi qí yù zhú　shuāng shú dòng tíng gān
驾鸾骖[22]。风筛淇澳竹[23]，霜熟洞庭柑[24]。
yuàn shàng wáng sūn yóu wèi fǎn　huā qián gōng zǐ zuì fāng hān
苑上王孙游未返[25]，花前公子醉方酣[26]。
yě diàn xíng rén　shuāng gāo shuì duǎn jī piān cù　qióng tú guò
野店行人，霜高睡短鸡偏促[27]；穷途过
kè　xuě huá ní cháng mǎ bù kān
客，雪滑泥长马不堪[28]。

注解

⑲ **花待女**　即“待女花”，兰花的别名。［元］伊世珍《琅嬛记》卷上引《采兰杂志》云：“兰待女子同种则香，故名待女，待女花，宜男草，是绝对也。”

⑳ **草宜男**　即“宜男草”，萱草的别名。传说，怀孕妇女佩戴萱草花，宜于生男孩，故称“宜男”。（见《本草纲目·草部五》）

㉑ **龙车凤辇**　帝王及后妃乘坐的车子。［宋］苏舜元《仙都山》诗云：“龙车凤辇入瑶上，辙迹高悬不可攀。”

㉒ **鹤驾鸾骖**　神话传说，仙人骑鹤或鸾凤在天空飞行。［南朝宋］汤惠休《楚明妃曲》云：“骖驾鸾鹤，往来仙灵。”

㉓ **风筛淇澳竹**　风筛：风吹。淇澳：亦作“淇奥”，指淇水弯曲处。《诗经·卫风·淇澳》云：“瞻彼淇奥，绿竹青青。”

㉔ **霜熟洞庭柑**　［宋］王安石《送裴如晦即席分题三首》诗云：“甫里（即今江苏苏州角直）松菊盛，洞庭柑橘垂。”

㉕ **苑上王孙游未返** 驰骋于猎场的贵族流连忘返。[南北朝]谢朓《王孙游》诗云:“绿草蔓如丝,杂树红英发。无论君不归,君归芳已歇。”是说少妇怨夫远游,到暮春时节仍不归。即使归来,少妇芳龄已过,成了“迟暮美人”。

㉖ **花前公子醉方酣** 沉醉于春色的公子游兴未完。[元]贡性之《暮春二首》诗云:“惜花公子爱春晴,骏马骄嘶晓出城。半醉归来人共看,笑将金弹打流莺。”

卷帘图(近代·倪田)

㉗ **野店行人,霜高睡短鸡偏促** 宋朝大诗人苏轼由杭州移守密州的途中,写给其弟苏辙一首《沁园春》词,开篇是“孤馆灯青,野店鸡号,旅枕梦残。渐月华收练,晨霜耿耿,云山摛锦(铺陈锦绣)”。绘声绘色地画出了一幅旅途早行图。

㉘ **穷途过客,雪滑泥长马不堪** 唐代诗人韩愈,曾任刑部侍郎,因上书谏阻唐宪宗“迎佛骨”获罪,被贬到距长安八千里之遥的潮州当刺史。当韩愈上任走到离京师不远的蓝田县时,他的侄孙韩湘赶来同行。韩愈慷慨激昂地写下一首《左迁至蓝关示侄孙湘》,抒发其离开长安时的心情:“一封朝奏九重天,夕贬潮州路八千……云横秦岭家何在?雪拥蓝关(即蓝田关)马不前。”(见韩愈《左迁至蓝关示侄孙湘》)

十四 盐

fēng liào qiào　yǔ lián xiān　yè chóu zhǒng zhǒng
风料峭①，雨廉纤②。夜愁种种③，
chūn sī yān yān　shuǐ hén shuāng hòu mò　shān sè yǔ
春思恹恹④。水痕霜后没⑤，山色雨
zhōng tiān　gū qù jìn liú yún mǔ fěn　kè lái zhǐ zuì shuǐ
中添⑥。姑去尽留云母粉⑦，客来只醉水
jīng yán　yuè zhuǎn shū lóu　lián lòu shù shēng cuī xiǎo jiàn
晶盐⑧。月转书楼，莲漏数声催晓箭⑨；
fēng shēng xiù gé　tán xiāng yì lǚ tòu xiāng lián
风生绣阁，檀香一缕透香帘⑩。

注解

① **风料峭**　料峭：形容微寒。［宋］苏轼《定风波》词云：“料峭春风吹酒醒，微冷。”

② **雨廉纤**　廉纤：细小。［宋］张埴《书萍实旅舍》诗云：“告诉春风无一语，江南陌上雨廉纤。”

③ **夜愁种种**　夜愁：因心情愁闷而夜难成眠。［宋］辛弃疾《蝶恋花·和赵景明知县韵》词云“新词搅断相思怨，凉夜愁肠千百转。”

④ **春思恹恹**　春思：比喻春光明媚之际男女远隔相思。恹恹：精神不振貌。［宋］柳永《斗百花·煦色韶光明媚》词云：“春困厌厌（恹恹），抛掷斗草（古代女孩拉拽韧性草比输赢的游戏）工夫，冷落踏青心绪。”

⑤ **水痕霜后没**　这是宋朝词人苏轼《南乡子·重九涵辉楼呈徐君猷》

中“霜降水痕收”诗句的化用。

⑥ **山色雨中添** 这是宋朝诗人杨万里《寒食雨中，同舍约游天竺，得十六绝句呈陆务》中“却缘山色雨中添”诗句的化用。

⑦ **姑去尽留云母粉** 传说，唐尧时隐士方回，在五柞山炼食云母粉，为人治病。道成，回被劫持者关闭室中，求其传道。方回以“方回”印封其户，化身而去。时人言得回一丸泥涂门，终不可开。（见［汉］刘向《列仙传·方回》）。

⑧ **客来只醉水晶盐** 水晶盐：透明如水晶的盐。这是唐代诗人李白《题东溪公幽居》中“客到但知留一醉，盘中只有水晶盐”诗句的化用。

⑨ **月转书楼，莲漏数声催晓箭** 漏催晓箭，数声更报明月照书楼。莲漏：古时计时用的莲形滴漏。［唐］杜甫《奉和贾至舍人早朝大明宫》诗云：“五夜（即五更）漏声催晓箭，九重（指天）春色醉仙桃。”

⑩ **风生绣阁，檀香一缕透香帘** 风吹檀香，一缕香气透帘入绣阁。这是宋朝张耒《秋蕊香》中“帘幕疏疏风透，一线香飘金兽（黄色兽型香炉）”的化用。

wō zhuàn bì　què xùn yán　yì duān mián qǐ　sān
蜗篆壁⑪，雀驯檐⑫。一端绵绮⑬，三
chǐ sù jiān　jiāo yáng hóng shuò shí　mì xuě bái duī yán
尺素缣⑭。骄阳红烁石⑮，密雪白堆盐⑯。
qīng shuāng lěng tòu yuān yāng wǎ　luò yuè xié chuān fěi cuì lián
清霜冷透鸳鸯瓦，落月斜穿翡翠帘⑰。
wǔ jiàn sūn niáng　pèi shēng niǎo niǎo zhī yāo ruǎn　biàn qín cài
舞剑孙娘，佩声袅袅知腰软⑱；辨琴蔡
nǚ　xián yùn yōu yōu jué zhǐ xiān
女，弦韵悠悠觉指纤⑲。

注解

⑪ **蜗篆壁**　蜗篆：蜗牛爬墙时留下的涎液痕迹，屈曲如篆文，故称。[宋]戴复古《晚春》诗云："雨墙蜗篆古，风树鸟巢危。"

⑫ **雀驯檐**　[唐]姚合《过钦上人院》诗云："古壁丹青落，虚檐鸟雀驯。"

⑬ **一端绵绮**　端：古代布帛长度单位。绵绮：像丝绵一样柔软的彩色丝织品。

⑭ **三尺素缣**　素缣：供作书画用的白色绢帛。[宋]苏轼《减字木兰花》词云："凭谁妙笔，横扫素缣三百尺。"

⑮ **骄阳红烁石**　火红的太阳熔金石。骄阳：炎热的太阳。烁石：能将金石熔化。[北齐]刘昼《新论·大质》云："大热煊赫，燋金烁石。"

⑯ **密雪白堆盐**　密积的白雪似堆盐。[唐]李白《梁园吟》诗云："吴盐如花皎白雪。"

⑰ **清霜冷透鸳鸯瓦，落月斜穿翡翠帘**　这两句是明朝徐勃《越城看雪》

中“粉痕冷浸鸳鸯瓦，玉屑晴穿翡翠帘”和唐朝白居易《长恨歌》中“鸳鸯瓦冷霜华重，翡翠衾寒谁与共”诗句的化用。鸳鸯瓦：雕刻着鸳鸯花纹的宫廷大瓦片。翡翠帘：缀着翡翠珠的帘幕。

⑱ **舞剑孙娘，佩声袅袅知腰软** 孙娘：即公孙大娘。她是活跃于民间，又闻名于宫廷的著名舞蹈家，擅舞剑器。［唐］杜甫《观公孙大娘弟子舞剑器行》诗云：“昔有佳人公孙氏，一舞剑气动四方……先帝侍女八千人，公孙剑器初第一。”

公孙大娘舞剑图（清·任伯年）

⑲ **辨琴蔡女，弦韵悠悠觉指纤** 东汉蔡琰，字文姬，自幼博学多才，精通音乐。幼年时有一天，她听父亲蔡邕在黑暗中弹琴。弹着弹着断了一根琴弦，她根据弦断时发出的声音就辨别出断的是第二根。文姬归汉时，感胡地笳之音，翻笳调入琴曲，作《胡笳十八拍》，表现了文姬思乡又不忍骨肉分离的极度矛盾痛苦之情。（见《后汉书·列女传·蔡琰传》）

yáo huà shàn juǎn zhū lián jiǔ chóng là jù wàn
摇画扇[20]，卷珠帘[21]。九重蜡炬[22]，万
zhóu yá qiān luò huā kuáng dié rào fēi xù yóu fēng nián
轴牙签[23]。落花狂蝶绕，飞絮游蜂黏[24]。
kàn jīng lǎo zǐ tóu xié tū cì xiù jiā rén zhǐ lòu jiān qiū
看经老子头斜秃[25]，刺绣佳人指露尖[26]。秋
lǎo fēng hán luàn piāo hóng yè mǎn shān lù yè shēn xuě jí
老风寒，乱飘红叶满山路[27]；夜深雪急，
gù bàn lǜ méi chuān hù yán
故伴绿梅穿户檐[28]。

注解

⑳ **摇画扇** 画扇：指有画饰的扇子。［南朝梁］鲍泉《落日看还》诗云："画扇拂游尘。"［唐］杜甫《伤秋》诗云："高秋收画扇，久客掩荆扉。"

㉑ **卷珠帘** 珠帘：珍珠缀成的帘子。［唐］李白《怨情》诗云："美人卷珠帘，深坐颦蛾眉。但见泪痕湿，不知心恨谁？"

㉒ **九重蜡炬** 形容燃烛很多。蜡炬：即蜡烛。

㉓ **万轴牙签** 形容藏书很多。牙签：系在书卷上标有书名的标签。

㉔ **落花狂蝶绕，飞絮游蜂黏** 这两句是明朝杨林兰《声律发蒙·二支》中"游蜂粘柳絮，戏蝶绕花枝"的化用。唐朝杜牧《洛中二首》中也有"蝶绕花枝恋暖香"的名句。

㉕ **看经老子头斜秃** 老子歪着光秃脑袋读经书。

㉖ **刺绣佳人指露尖** 美人露出纤纤玉指刺绣。

㉗ **秋老风寒，乱飘红叶满山路** 深秋风凉，红叶飘落满山路。这是宋朝欧阳澈《蝶恋花》中"红叶飘风秋欲暮"诗句的化用。

㉘ **夜深雪急，故伴绿梅穿户檐** 夜深雪暴，伴随梅香穿户檐。绿梅：即梅花，因萼绿花白、小枝青绿而得名。诗人爱把雪白梅香一起咏叹。[宋]卢梅坡《雪梅》诗云：“梅雪争春未肯降，骚人阁笔费评章。梅须逊雪三分白，雪却输梅一段香。”

卷帘图（近代·倪田）

十五 咸

hóng luó zhàng hēi shí hán qín héng huī zhěn
红罗帐[①]，黑石函[②]。琴横徽轸[③]，
yuè zòu yīng xián huā xiāng fēng jìng cǎi ní nuǎn yàn zhēng
乐奏英咸[④]。花香蜂竞采[⑤]，泥暖燕争
xián sài shàng hán shuāng chí jì ǎo jiāng tóu xié rì cù
衔[⑥]。塞上寒霜迟寄袄[⑦]，江头斜日促
guī fān lǒng shàng méi kāi jì zèng gù rén yóu kě zhé jiē
归帆[⑧]。陇上梅开，寄赠故人犹可折[⑨]；阶
qián cǎo zhǎng dīng níng tóng zǐ bù xū shān
前草长，丁宁童子不须芟[⑩]。

注解

① **红罗帐** 床上用的红色轻软纱幔。[唐]王昌龄《长信秋词五首》诗云："白露堂中细草迹，红罗帐里不胜情。"

② **黑石函** 石制的匣子。[北魏]郦道元《水经注·汝水》云："城南里余有神庙，世谓之张明府祠。庙前有圭碑，文字紊碎，不可复寻。碑侧有小石函。"[唐]温庭筠《老君庙》诗云："自怜金骨无人识，知有飞龟在石函。"

③ **琴横徽轸** 徽轸：琴腹下转动琴弦的轴。[宋]苏轼《欧阳晦夫惠琴枕》诗云："轮囷濩落非笛材，剖作袖琴徽轸足。"

④ **乐奏英咸** 演奏尧乐和帝喾乐。英咸：犹"咸英"，古乐曲名。是尧乐《咸池》和帝喾乐《六英》的合称。

⑤ **花香蜂竞采** 这是唐代温庭筠《惜春词》中“蜂争粉蕊（花心）蝶分香”诗句的化用。

⑥ **泥暖燕争衔** 这是宋朝苏轼《浣溪沙》中“乍晴池馆燕争泥”词意的化用。

⑦ **塞上寒霜迟寄袄** 唐代诗人张仲素写有一首少妇念夫寒的闺怨诗《秋夜曲》，诗云：“丁丁漏水夜何长，漫漫轻云露月光。秋逼暗虫通夕响，征衣未寄莫飞霜。”

⑧ **江头斜日促归帆** 唐代词人温庭筠写有一首江楼少妇望归帆的代表作《望江南》，其词云：“梳洗罢，独倚望江楼。过尽千帆皆不是，余晖脉脉水悠悠，肠断白蘋洲。”

⑨ **陇上梅开，寄赠故人犹可折** 南北朝时，宋国陆凯与范晔友善，曾自江南寄梅花一枝给远在长安的范晔，并赠诗一首：“折花逢驿使，寄与陇头人。江南无所有，聊赠一枝春。”（见［南朝］盛弘之《荆州记》）

⑩ **阶前草长，丁宁童子不须芟** 阶前草：即麦冬，又叫麦门冬、不死草。丁宁：即“叮咛”。宋代诗人范成大《霜后纪园中草木》诗云：“门冬如佳隶，长年护阶除（台阶）。”据古代志怪小说集《十洲记》载：此乃东海瀛洲上的不死之药。人死后三天，用此草盖其身，当时即活。始皇闻之大悦，遂派方士徐福为使者，带童男童女数千，乘楼船入东海，以求长生不老之药。

piāo wǔ xiù　tuō zhēng shān　fēng qīng yuè bái　hé
飘舞袖⑪，脱征衫⑫。风清月白⑬，河
dàn hǎi xián　duàn bēi níng tǔ shí　gǔ jìng bèi chén jiān
淡海咸⑭。断碑凝土蚀⑮，古镜被尘缄⑯。
lǐn lǐn qīng shuāng hán jú yòu　méng méng xì yǔ àn sōng
凛凛清霜寒橘柚⑰，濛濛细雨暗松
shān　gōng jiǔ lín zōng　yè xiàng dēng qián mào yǔ jiǎn　sī
杉⑱。供韭林宗，夜向灯前冒雨翦⑲；思
chún zhāng hàn　guī lái jiāng shàng guà fēng fān
莼张翰，归来江上挂风帆⑳。

注解

⑪ **飘舞袖**　［宋］杨冠卿《菩萨蛮》词云："天阔水云长，风飘舞袖香。"

⑫ **脱征衫**　［宋］刘克庄《沁园春》词云："忙脱征衫，快呼斗酒。"

⑬ **风清月白**　语出宋朝家铉翁《墨梅》："伴我孤吟，风清月白。"意思是陪伴我饮酒的是清风明月。

⑭ **河淡海咸**　语出南朝人周兴嗣《千字文》："海咸河淡。"海水是咸的，河水是淡的。

⑮ **断碑凝土蚀**　这是宋朝强至《和楼志国范君武读胡尉临安所获颜鲁公书断碑》中"胳合阴假好事手，得此断石溪山垠。苔封土蚀初莫省，一洗烂若开三辰（指日月星）"诗意的化用。

⑯ **古镜被尘缄**　这是元朝姬翼《满江红慢·勉刘主簿》中"古镜磨开尘外境"句的反义化用。

⑰ **凛凛清霜寒橘柚**　清霜寒橘柚：秋天霜冷使橘柚也带寒意。［唐］李白《秋登宣城谢朓北楼》诗云："人烟寒橘柚，秋色老梧桐。"

⑱ **蒙蒙细雨暗松杉** 松杉丛林因下雨显得昏暗。

⑲ **供韭林宗，夜向灯前冒雨翦** 翦：同“剪”。据《郭林宗别传》载：东汉郭泰，字林宗。一日雨夜有朋友来访，他连夜冒雨到自种园圃“剪韭作炊饼”待客。

⑳ **思莼张翰，归来江上挂风帆** 晋朝张翰因思家乡吴中莼菜羹、鲈鱼脍，辞官回乡，经圃钓鱼。（参见上卷“七虞”注㉖）

青霜染林（樊浩霖）

fán chí pǔ　fù yuè yán　yì chuān huā liǔ　qiān
樊迟圃㉑，傅说岩㉒。一川花柳㉓，千
lǐ sōng shān　yún fēng xíng tū wù　shí bì shì yán chán
里松杉㉔。云峰形突兀㉕，石壁势岩巉㉖。
yě diàn huáng jī shēng wō wō　wū liáng zǐ yàn yǔ nán nán
野店黄鸡声喔喔㉗，屋梁紫燕语喃喃㉘。
lú shàng jiǔ xiāng　duì yuè jǐ huí pín jǔ zhǎn　àn qián shū
炉上酒香，对月几回频举盏㉙；案前书
mǎn　lín fēng yí xiào què kāi jiān
满，临风一笑却开缄㉚。

注解

㉑ **樊迟圃**　圃：种植菜蔬、花草、瓜果的园子。《论语·子路》载：樊迟（孔子弟子）请学为圃，孔子曰："吾不如老圃。"

㉒ **傅说岩**　相传殷商筑墙奴隶傅说，筑于傅岩（地名）之野，为殷高宗武丁访得，举为宰相，殷商出现中兴局面。（见《尚书·说命》《史记·殷本纪》）

㉓ **一川花柳**　这是宋朝苏轼《送孔郎中赴陕郊》中"一川秀色明花柳"诗句的化用。

㉔ **千里松杉**　这是宋朝方回《瑞云院大树林中二首》中"万万松杉万竹枝"诗句的化用。香港青山禅院有古楹联：十里松杉藏古寺，百里云水绕青山。

㉕ **云峰形突兀**　突兀：高耸的样子。［唐］韩愈《谒衡岳庙遂宿岳寺题门楼》诗云："须臾静扫众峰出，仰见突兀撑青空。"

㉖ **石壁势岩巉**　岩巉：山石高峻陡峭。［宋］欧阳修《新霜二首》诗云：

"千仞巉岩如刻削。"［唐］李白《蜀道难》诗云："问君西游何时还？畏途巉岩不可攀。"

㉗ **野店黄鸡声喔喔**　这是唐代刘禹锡《平蔡州三首》中"汝南晨鸡喔喔鸣"诗句的化用。

㉘ **屋梁紫燕语喃喃**　这是宋朝无名氏《西江月》中"梁上喃喃燕语"词句的化用。

㉙ **炉上酒香，对月几回频举盏**　［唐］李白《月下独酌》诗云："举杯邀明月，对影成三人。"

㉚ **案前书满，临风一笑却开缄**　开缄：拆开（函件）。［唐］李白《久别离》诗云："况有锦字书，开缄使人嗟（惊叹）。"［唐］李白《下途归石门旧居》诗云："羡君素书尝满案，含丹照白霞色烂。"

举杯邀明月（徐菊庵）